致敬大師劉以鬯

東瑞　瑞芬　著

獲益出版事業有限公司

獲益

致敬大師劉以鬯

著　　者：東　瑞　蔡瑞芬
封面設計：西　波
校　　對：丘安盛
主　　編：黃東濤（東瑞）
督 印 人：蔡瑞芬
出　　版：獲益出版事業有限公司
香港九龍土瓜灣道94號美華工業中心B座6樓10號室
HOLDERY PUBLISHING ENTERPRISES LTD.
Unit 10, 6/F Block B, Merit Industrial Centre,
94 To Kwa Wan Road, Kowloon, H.K.
Tel: 2368 0632　　Fax: 2765 8391
版　　次：二零一八年七月初版
國際書號：ISBN 978-962-449-592-8

目錄

第二輯

第三輯

第四輯

劉以鬯和「獲益」的因緣

●東瑞

許多人不明白，香港出版社林立，也不乏勢大財雄的大機構，為甚麼劉以鬯先生一系列重要的作品大都交給了一家沒有甚麼大背景的出版社——我和瑞芬共同創辦的獲益出版事業有限公司（以下簡稱「獲益」）出版？

從一九九三年到二零一六年這二十餘年來，如果也將《『酒徒』評論選集》算在內，獲益出版有關劉以鬯先生的書就多達十五種（見下表）：

號號	出版年份	國際書號	書　名	備　註
1	1993	9789624490664	島與半島	長篇
2	1994	9789624490893	黑色裏的白色， 白色裏的黑色	短篇集
3	1995	9789634491173	《酒徒》評論選集	獲益編
4	1995	9789624491180	他有一把鋒利的小刀	長篇
5	2000	9789624493764	對倒	長篇
6	2001	9789624493856	打錯了	小小說集
7	2001	9789624494020	不是詩的詩	短中篇集
8	2002	9789624494150	暢談香港文學	評論集
9	2003	9789624494358	酒徒	長篇
10	2005	9789624494655	模型•郵票•陶瓷	中篇集
11	2007	9789624494983	天堂與地獄	短篇集
12	2010	9789624495195	甘榜	短篇集
13	2010	9789624495294	熱帶風雨	短篇集
14	2011	9789624495379	吧女	長篇
15	2016	9789624495812	香港居	長篇

早在七十年代末八十年代初期，劉先生編《快報》副刊、《星島晚報》『大會堂』文藝周刊時，就約了我寫專欄，一九八四年他創辦《香港文學》，我也常常投稿，在他鼓勵下我作品發表很多。由於劉先生想集中全力編好《香港文學》，他原在《成報》的專欄就推薦給我寫。那時他在港台已經很有名氣，我和瑞芬出諸對文學資深前輩劉先生的欽佩，也很欣賞他「認稿不認人」的編輯作風，加上我們出版社的方針除了出版優質兒童、青少年文學外，也有選擇地出版純文學書籍，出版社創立後那幾年，就為劉先生出版了四本書：將新聞與文學嫁接的長篇《島與半島》、以「黑」和「白」為主色調的中短篇集《黑色裏的白色，白色裏的黑色》、《『酒徒』評論選集》以及將客觀敘述與內心獨白結合起來的《他有一把鋒利的小刀》。一九九六年我們舉辦《父親●母親》發佈會、一九九七年我們舉辦《良師益友》發佈會，劉以鬯、羅佩雲夫婦都蒞臨支持。

從一九九五年到二零零零年，劉以鬯先生將全部精力放在編好《香港文學》方面，由於園地開放、面對整個華文文學世界，認稿不認人的方針以及雜誌半彩色、直排等等的與眾不同的特點，可以說，劉先生任總編時期，《香港文學》的作品和編排水準都贏得海內外華文文壇很高聲譽，迄今難有文學刊物堪與匹敵或超越。可惜，劉先生從一九八四年開始只是編到二零零零年。他在《對倒》的『新版前記』（寫於二零零零年九月十二日）有一段話是這麼寫的；「今年六月，一件出乎意料之外的事情驀地發生，我在無可奈何的情況下，必須將辦了十五年半的《香港文學》（月刊）交給另外一個機構續辦。失去《香港文學》後，情緒低落，內心空虛恍惚，做甚麼都提不起勁。朋友們知道這件事後紛紛寫信給我，打電話給我，勸我不要氣餒，勸我繼續在坎坷的文學道路上行走。尤其是黃東濤、蔡瑞芬夫婦知道我的心情煩亂，走來太古城邀我茶敘，建議為我出版三本新書。」「東濤夫婦給我的支持與幫助，使我深受感動。」這裏引述劉先生的話主要只是想説明那三本書的出版因由和背景。三本書就是長篇《對倒》、小小説集《打錯了》和詩意小説集《不是詩的詩》。還需要説明的是，在出版方面，瑞芬比較果斷，為了支持劉先生，一向不怕得失。這三本書和往後劉先生的新書都是主要出諸瑞芬的主意而邀約的。

二零零一年七月，我們首次參加「香港書展」，在會展中心的青少年館展銷，劉以鬯先生不以我們只有一個3米×3米小攤位的小出版社為棄，應允我們的邀約來到攤位為讀者簽名。事前他還擔心並謙虛地説他的讀者一般年紀都比較大，在青少年館簽名可能讀者很少。但出乎意料之外，請他簽名的讀者哪一階層的都有，場面的熱烈擁擠大大地出乎他的意料之外。

從二零零二年到二零一六年，我們以大約每一兩年的速度為劉先生出一本新書。除了短篇集《天堂與地獄》和長篇《酒徒》曾經分別於一九五一年和一九六三年由香港海濱圖書公司出版之外，《暢談香港文學》《模型•郵票•陶瓷》《甘榜》《熱帶風雨》《吧女》《香港居》都是以單行本的形式首次與讀者見面的。每本書的出版都有一個故事，最特別的是，每一本書的封面都是由劉先生自己設計的。像《天堂與地獄》的出版幾乎相隔一甲子年後再重見天日，扉頁首次刊發了劉以鬯、羅佩雲夫婦攝於一九五七年的照片，在《寫在前面》劉以鬯還寫了這樣一段話：「五二年赴星馬報界工作五年。五七年回港，同年與佩雲結婚，未嘗二十四小時分離，適逢獲益出本集，順便作為我倆金婚紀念。」頗為意味深長。又如《熱帶風雨》原稿都是五十年代末期以「葛里哥」的署名發表於新加坡的《南洋商報》的，靠了劉夫人和多位朋友才將剪報收集齊全的。出版《吧女》《香港居》，因劉先生年事已高，剪報都是靠劉太太妥善保存稿件影印副本或委託朋友協助完善才能夠順利出版的。

二十餘年來，香港書市流通的劉以鬯先生名著，都主要是我們出版的版本。說來有趣，我們出版劉以鬯的每一部書，協商的地點沒有一次在獲益的寫字樓進行，全是在茶聚間決定大事的，有時完全就在劉太太和瑞芬兩人幾句話間拍板完成；更妙的是我們也有「出版協議」，但不需要白紙黑字，不需要電腦存檔，「協議」就存於彼此的心中，說穿了，我們靠的就是一份完全的、純粹的誠信和默契。寫了幾千字的紙質出版合同，如果不執行，還不是一紙空文？我們會及時地再版書市斷貨的劉先生著作，以保證劉先生的書在港九書市的暢行無阻，也會及時地把最新的再版消息和發行情形通知劉太太。尊敬「香港文學之寶」、資深老作家、出版他一系列名著經典作為向他致敬的行動，為香港文學盡我們一份添磚加瓦的微力（而非唯利是圖）；出版建立在互相信任的基礎上；保證市場上劉先生重要著作的供應，像《島與半島》《黑色裏的白色，白色裏的黑色》《他有一把鋒利的小刀》初版得很早，因為市場有所需求，我們還是再版了。這三個大原則，是我們獲益與劉以鬯、羅佩雲夫婦合作愉快的根本。

最後值得一提的是，儘管獲得榮譽無數，名氣如日中天，劉以鬯先生誠謙謙君子一名，他超過一甲子年的創作生涯，寫過幾千萬字，他卻未曾在他任何一本書的作者簡介上標榜，相對於他選來出書的又是那麼少，正合了他說主張的「多寫少發表」，讓我們看到了一位資深老作家的對文學的嚴謹態度。

香港純文學的神話

●東瑞

幸福晚年：鶼鰈情深相依為命

每天和夫人在外面用過下午茶後，年紀已經高達九十五歲的劉以鬯會自己到處走走看看，有時長達一兩小時。他從不迷失，雖然走得不快，雙腿好使得令人不可思議。他午餐時喝白開水，嗜好甜點，想吃甚麼就吃甚麼。他只是聽力稍遜，但在這種年紀，簡直已算不得甚麼毛病。我們平均每個月至少都有一次與劉以鬯夫婦餐敘，近距離望着劉老的面容，但覺童顏鶴髮，精神矍鑠，彷彿，長達七十幾年的創作生涯沒有在他身上或臉上留下任何風霜。

他的新書出版，拿到樣書時，他會露出孩子般的開心笑容。

「他會到些甚麼地方呢？」我們問劉太太：「不一定，就隨他喜歡吧，有時他在商場走走看看，進書店順便看看那裏有沒有擺賣自己的書；有時，他會到上環一些賣舊郵票的小舖；他喜歡買一些明信片……」劉太太對劉以鬯生活起居的無微不至的照顧，比起香港不少孤苦伶仃、晚年淒涼的老作家，劉以鬯的晚年顯然是幸福得多了。

劉以鬯年紀那麼大，當是到了人生休憩的寶貴時期。正如林語堂在《年華漸老》所說的：「問題已不在於如何成長，而在於如何真誠度日；不在於拼命奮鬥，而在於享受僅餘的寶貴光陰。」劉以鬯夫婦正是如此。

榮譽無數：香港文壇第一把交椅

在香港，劉以鬯是純文學的一面旗幟，也是香港文壇的神話。他處於九十五歲高齡仍是那麼健康、他的創作年齡也已超過一甲子年。他有許多第一：一九九四年他是香港臨時市政局「作家留駐計劃」第一任作家；二零一零年他獲選為香港書展第一屆「年度文學作家」。在為香港純文學排次時，他都無愧地排首。在香港文壇上，他曾經為稻粱謀，為十三個專欄供稿，論寫作速度之快，他或許不是最快的一個，但他創立的一手寫娛樂別人的小說、一手寫娛樂自己並足於流傳的小說的方式，捨他別無他人：他在壯年時期推翻了「百無一用是書生」的魔咒，是少數憑靠自己的一枝筆購下居家的作家。他多次獲得特區政府的表彰和嘉許，二零零一年他獲頒特區政府的榮譽勳章；二零一一年又獲頒銅紫荊星章。近年，他獲獎與接受訪問的次數更不計其數，在二零一零年和二零一一年公開大學先後頒授榮譽文學教授和榮譽文學博士給他；二零一三年五月九日，雖然因為陰差陽錯來得太遲，但總算來得及時，香港藝術發展局在香港演藝學院頒授「傑出藝術貢獻獎」給他。著名學者小思老師代念劉先生的獲獎感言，當頒授的一剎那，全場出席觀眾起立，祝賀和讚賞的掌聲經久不息，場面很是感人。

是的，小小一個香港，派系林立，劉以鬯是少數能夠為各派所認同、接受的資深老作家。九十年代末期，出版他一系列著作的出版社在香港書展租有攤位，邀請他到青少年展館為讀者簽名，當時他還很猶豫地說：「我的書的讀者多數是成人，學生較少。」沒料到，好多文科大學生聞風而至，買他的書和請他簽名的讀者很多，將一個小小攤位擠得水瀉不通。在香港大師級的文學作家中，劉先生又以其文字的深入淺出而稱著、以其每一部小說都講究創新而聞名。在五十至七十年代，劉先生一邊忙於寫稿為稻粱謀，一邊為報紙編副刊，八十年代至九十年代，他的精力放在編好《香港文學》，他一直缺乏時間整理自己的著作出版，也放棄了報紙上許多專欄，專心致志地為發展和繁榮世界華文文學而努力。一直到二零零零年，他才開始將自己比較喜歡和滿意的著作一部接着一部出版。這種情形，在其他作家中也是比較罕見的。

見縫插針：為純文學爭取最大的空間

雖然在年輕時候寫了很多，劉以鬯卻始終不是狹義的專業作家，縱然在為稻粱謀而每天拼命寫十三個專欄的時期，他還是一位報紙的編輯。從戰前在重慶《掃蕩報》任副刊編輯，一直到在新馬編報、在香港《香港時報》編「淺水灣」、在《快報》編「快活林」「快趣」副刊、為《星島晚報》編文藝副刊「大會堂」、以致在八十年代主編《香港文學》（長達十五年：一九八四—一九九九），劉先生成為一位利用報紙發展文學、培育新人的著名的、有心的老報人。劉以鬯不顧被炒魷魚的危險，富有勇氣地將純文學「塞」入報紙的文字商品中，卓有成效地闊大了香港文學的空間，他也是香港最好的、一流的報紙副刊編輯。

劉以鬯說過：「採用文藝作品的做法雖然很難被商業企業報紙負責人接受，卻是報紙負責人應該採取的做法。報紙是文治教化的事業，刊登含有思想性與藝術性的文學作品，不但可以提高報紙本身的格調，而且有助於優良文化環境的形成。」「我在《快報》編副刊

（《快趣》與《快活林》）時，報紙負責人曾一再要求我在副刊中刊登迎合大眾口味的低俗文字，我卻冒著被解僱的危險，經常在商品文字中加插具有實用價值和美感特徵的嚴肅文學作品。」（劉以鬯：《香港文學的市場空間》，一九九九）「作為副刊主編，我不反對刊登「有趣」的文章，但是為了負起應負的社會責任，也堅持刊登一些「有益」的文章，報館方面未必同意我的做法，好在愛好文學的作家都肯支持我的編輯方針。五十年代紅極一時的流行小說家傑克，知道我有意將嚴肅文學作品「擠」入文字商品，曾在一九六七年將毛姆的長篇小說《煩人》譯成中文交給我在《快報‧快活林》連載。此外，除了將梁秉鈞的《剪紙》、西西的《我城》、易君左的《意園隨筆》、陳映真的《萬商帝君》、司馬長風和曾幼川的《南腔北調》、吳熙斌的《看牛集》、李國威、黃維樑、夏易、羅繆、施叔青、東瑞、陳德錦、王仁芸等的文章擠入《食經》、《命理談奇》、《實用驗方》、《賽馬內幕》、《鬼話連篇》之類的文字商品之外；我還為詩人何達（筆名何思玫）開闢一個專欄，欄名《玫瑰園》，每日刊出新詩一首。」可以說，在香港的副刊編輯中，如此大膽的做法，很難再找出第二位。

劉以鬯做報紙副刊編輯時，做了大量好事。我們固然要學習他，不顧被報館老板炒魷魚的危險，將文學擠入文字商品中，還要學習他對文學的價值有着高度的認識，並不認為是可有可無的東西，而覺得在報紙刊登具有思想性和藝術性的文學作品，有助於提高報紙的格調和優良文化環境的造成，這種識見，表現了一位編輯家的社會良知！學習他，胸襟廣闊，除了香港文學，也將其他地區的華文文學一起推動。學習他，識見卓越，對栽培新秀、鼓勵後進不遺餘力。

學習他，目光長遠，認稿不認人，質量第一。學習他，沒有圈子，不搞「文藝公關」，不分流派，一視同仁，兼容並蓄。

劉以鬯先生將小說寫得這麼精彩，毫無愧色地代表了香港文學的最高成就，堪稱香港最傑出的小説家；他也是香港最好的、一流的報紙副刊編輯。

報館生涯：一篇稿件令他命運改觀

劉以鬯出生於一九一八年十二月七日，祖籍浙江鎮海。他的原名是劉同繹，字昌年。一九四一年他畢業於上海聖約翰大學，先後在重慶、上海、香港、新加坡、馬來西亞等地擔任報紙、雜誌的編輯或主編。一九四三年戰爭風聲日緊，上海幾乎成了一座孤島，而父親又在病中，為了不想當時二十五歲的劉以鬯被抓壯丁，父母親決定送他到大後方的四川重慶去。這一路去，山高水遠，舟車勞頓，父母非常擔憂。幾十年後，劉以鬯在回憶中寫了一篇膾炙人口的《寒風吹在臉上像刀割》，訴說父母為他收拾行李時的擔心和母親在馬路上向他揮手的情景，揮手一幕重複五次，不少讀者讀之流淚。劉先生戰後回上海辦出版社，慘淡經營，無法維持，一九四八年便南下來到了香港，開始了他在香港文壇拼搏的生涯；可是當時熱愛文學、脾氣耿直的年輕劉以鬯，因為不肯刊用老闆交下來的一篇稿，被炒了魷魚。

異鄉戀情：終於抱得美人歸

在港失意的劉以鬯於一九五二年下新馬，幹的雖依然是報刊的編輯工作，但卻是他生命的一次重大轉折。生活單調、三餐簡單的他，本身沒甚麼生活壓力，晚上的工餘常去看歌舞，就這樣認識了現在的太太羅佩雲。那時，羅佩雲在南洋已是頗出名氣的舞蹈演員，而劉以鬯在文壇只是一位報館窮編輯。周圍的一些朋友並不看好他們的戀情。羅佩雲是廣東籍，在香港時學得一身好舞技，簽約了一個歌舞團，經常隨團到南洋各大小城鎮演出。又美麗又聰明的、全身都是藝術細胞的佩雲，為她加盟的歌舞團帶來極好的聲譽，當然也為歌舞團帶來可觀的經濟效益。因此所到之處，都受到觀眾的歡迎，也成了全團的「台柱」。從一九五二年開始，佩雲前後就隨團到了新加坡三次。每一次，歌舞團都非常旺場火爆，大家都想欣賞她的舞蹈。佩雲的現代舞跳得姿態美妙，舞技精湛，而俏麗的長相，苗條的身材，脫俗清純的氣質，令她的表演事業如日中天，處在巔峰狀態。才藝貌雙全的藝人不難嫁給一個富豪；而劉先生是僅憑着一枝筆在謀生活的「打工仔」，可是，劉以鬯為人的正直、滿腹的出色才華，以及老實淳樸的品格，卓絕不凡的理想，完全與當時許多凡夫俗子有別，也緊緊吸引着她。因此，佩雲一邊跳舞演出，一邊與劉以鬯拍拖，陷入熱戀中。一九五七年，劉以鬯抱得美人歸，告別了工作五年的新馬，和羅佩雲結婚、回到了香港。在新馬五年工作積累的生活體驗和見聞，後來成為他的創作素材，寫成了約六七十篇短篇小說，發表在一九五八年至一九五九年的《南洋商報》上，在五十一年後以《熱帶風雨》為書名結集成書，由香港獲益出版社於二零一零年出版。

回到香港，從五十年代到八十年代，劉先生一邊編報，一邊創作。編輯的薪酬很微薄，劉先生還需要靠大量的寫稿、賺取稿費維持一個家庭的生活。最高峰時期，他每天寫十三個專欄，還創造了「一手寫娛樂讀者的」和「一手寫娛樂自己的」雙管齊下的獨創的劉以鬯式寫作方式。一九七七年，太古城剛剛建城不久，還未全部竣工，劉以鬯夫婦就以極大的魄力，在太古城購下一個七百尺的單位，組織了一個二人世界的溫暖的家。這，不能不說又是一個香港文人靠寫創下的奇蹟。迄今為文壇津津樂道的、劉以鬯影響深遠的一些小說，幾乎都是在這一時期寫的，諸如《酒徒》、《對倒》、《島與半島》、《他有一把鋒利的小刀》、《黑色裏的白色　白色裏的黑色》、《打錯了》、《甘榜》、《熱帶風雨》等等長短篇名著，都是在這一時期寫的，卻因為工作忙碌，直至九十年代、二零零零年後才正式出版。一九八四年至一九九九年，劉以鬯擔任《香港文學》主編，將世界華文文學和香港文學一起推動，並將香港文學辦成一種半彩色的、具有畫報特點的風格，贏得香港和東南亞廣大讀者的喜愛。一九九九年他離開《香港文學》，心情很失落，卻有得有失，不但一系列散稿開始得以結集成書、著作很有氣勢地排着隊出來，而且開始與電影結緣，那也是劉以鬯始料未及的。

創意：劉以鬯小說創作的生命

劉以鬯寫了很多，但他嚴格要求自己，選來出書的不多，與他龐大的稿件數量不成比例。在用手「爬格子」的時代，創造了一個又一個的奇蹟。他曾經寫過每天十三個專欄，一天就是一萬多字，一個月就是三十多萬字，從數量來看，與莫言的寫作速度不相上下。劉以鬯謙稱自己寫了很多娛樂讀者的、文學價值不高的小說；但實際上，他不少所謂娛樂讀者的小說，其實也很文學，不失其文學價值。最典型的是根據寫於一九五八年六月至一九五九年七月發表於新加坡《南洋商報》系列短篇稿件而結集成書的《熱帶風雨》，以及以反映灣仔酒吧女生涯為題材的長篇小說《吧女》，文筆雅俗共賞，題材都是以市井小人物為主，貌似「娛樂讀者」，其實前者書寫五十至六十年代星馬的社會現實，後者反映越戰後美軍湧入香港、香港吧女的命運，都有嚴肅主題，也屬於純文學的一部分。

劉以鬯將「娛樂自己」的小說視為一種藝術，從不想重複自己，也不想重複別人，這種文學抱負，本來是有志氣的寫作者的一種使命，然在商業氣息嚴重污染純文學的年代，誘惑太多，他這種追求，也就變得難能可貴。劉以鬯非常欣賞老舍的語言主張：「世界上最好的著作差不多也就是文字清淺簡練的著作」，他自己就「喜歡用簡明易懂的文字探索不同的表現形式」。他的一些名篇技巧都是獨特的、僅用過一次的，例如：沒有完整故事、用雙線機構展開的《對倒》、沒有人物出現的《吵架》、沒有頂點與結局的《鏈》、探索內在真實的《蜘蛛精》、以物為主的《動亂》、政論體的《春雨》、重複敘述的《打錯了》、用詩的語言寫的《寺內》、用直接內心獨白寫的《他有一把鋒利的小刀》，將現代主義與現實主義結合在一起寫的《鏡子裏的鏡子》、用黑白相間形式寫成的《黑色裏的白色　白色裏的黑色》、將新聞和寫實結合的《島與半島》……縱然享譽中外、最負盛名的長篇《酒徒》，也不是抄西方的，他說：「寫酒徒，雖然運用了意識流技巧，卻與詹姆斯•喬伊斯的《尤利西斯》、威廉•福克納的《喧囂與騷動》、浮琴妮亞•吳芙爾的《海浪》不同，我無意臨摹西方的意識流小說，也無意寫沒有邏輯的、難懂的潛意識流動。」可以說，創意已經成了劉以鬯小說創作的生命。

在劉先生的好幾部名著中，長篇《酒徒》評論最多，還出過一本《【酒徒】評論選集》，然問過劉先生，《酒徒》並非他的最愛，那他最滿意的是哪一部？「《對倒》。」劉先生毫不含糊地回答，「就說寫《對倒》吧！到今天我還看不到第二個人寫得跟我一樣的。天上的鳥和鳥在飛時可能各飛各的，但牠們總有一天會相遇，平時一東一西……有學生問我這是甚麼意思？我舉小說中的例子：一男一女在馬路上走，往往只是擦身而過，從此不再見面；在小說中，男女主角進電影院看電影，就坐在相隔的座位上，可是電影散場之後，他們各走各的……生活中就常有這種情況。」是《酒徒》或《對倒》的譯本多？連劉先生都不太清楚了。《對倒》至少有英、意、法、日幾國的譯本。

古今中外的文壇名著，獲得定評後，都會有些有心人將它們改編、搬上銀幕。曾獲楊義高度評價為「把意識流手法用於陌生人街頭對行、從而產生隔代人不同心態的強烈對比的敘事謀略實在是匠心獨運的創造」的《對倒》完整版本於二零零零年正式出版，王家衛從中得到一些靈感和啟發，拍成了電影《花樣年華》，又從《酒徒》裏的人物原型，拍成了《二零四六》。可惜都是比較破碎，沒能將劉以鬯經典名著的精神和精髓拍攝出來。後來有心的黃國兆導演拍了《酒徒》，情節上比較接近原著，卻是經費有限，外景太少，多次參加世界性影展，可惜總是棋差一着、無法奪冠。劉氏作品，倒是在評論上專著不少。四川、本港都出過有關他的評論集、傳記，他的長短篇被本港劇社搬上舞台的不計其數，台灣有機構將出資，拍攝好幾位港台文學家的紀錄片，劉先生名列其中，將由黃勁輝執導。是的，創作年齡超過七十餘年的，在世界上也是少得有數的呀！

玩物不喪志：從興趣發掘的靈感

每次與劉以鬯夫婦飲茶，頭一兩句話，劉先生總喜歡「話說當年」，說起五十年代他從大陸南下來港初期、住在九龍紅磡蕪湖街的故事。

「那時，李輝英也住在蕪湖街。……對了，那裏有個觀音廟，現在還在嗎？」劉先生的記性不錯。我們說：「還在啊，香火很盛呢。」

每次我們飲完茶，劉先生總是先行離去。九十五高齡了，我們問劉太：「他去哪裏走？不擔心他嗎？」劉太說：「我們早中餐一道吃，晚餐他自由，自己選擇。沒問題，吃過晚飯，他都會回來。沒問題！」

劉先生年輕時期愛好集郵、堆砌模型、收集陶瓷，也為此寫過好幾篇小說，《模型•郵票・陶瓷》一書就收有他以這方面為題材的中短篇小說。由於他對這幾樣東西很熟悉，頗為內行，往往將其和人性中貪婪的追求聯繫起來，反映了人們沉溺於物慾的嚴重和瘋狂，這，都是劉先生的神來之筆。

走進劉氏夫婦位於太古城的住宅，可以感到兩老居屋的舒適和乾淨。明窗淨几之外，玻璃書櫃裏有的是一些他心愛的模型，書本則只剩下劉先生著作的各種版本，大部分圖書都捐出給中央圖書館了，那裏為他設立了專門的書庫。

與文字打交道超過七十年的劉以鬯，除了聽覺稍差之外，一雙腳還可以走很遠的路，一如他在純文學道路上的長久堅韌跋涉一樣；當他在商場裏慢慢走、到處看看，與普通小市民沒甚麼兩樣。沒有人會想到就在那樣一般身材的普通人身上，長有那麼神奇、卓絕的文學腦袋，為近乎一個世紀以來的香港文壇贏得那麼高的聲譽。他是香港純文學的奇蹟，也是香港文壇的驕傲。

二零一三年十月十九日三稿

香港純文學的旗幟

——劉以鬯生平著述簡介

●東瑞

有人說香港是「文化沙漠」，也有人說香港是流行文化的汪洋大海，只要我們逛逛九龍旺角的三樓書店或一些較有規模的大書店，這種偏見就會慢慢改觀，再從書架上翻翻和讀讀劉以鬯，那很快就會被他所吸引，為這位追求純文學長達七十年、此生不悔的作家的炫目成就、超卓才華和對香港文學全方位做出貢獻的資深老作家由衷地感到欽佩和驚喜。

劉以鬯是香港文學的旗幟，最有代表性的文學人物。

劉以鬯對純文學的堅持，首先在於個人的文學歷程長達七十餘年，無論文學的處境如何艱難，他數十年如一日的創作、書寫，贏得文學界的喝彩和讀者的尊敬。生於一九一八年十二月七日於上海的劉以鬯，原名為劉同繹，字劉昌年，祖籍浙江鎮海。十四歲就接觸文學，一九四一年他在上海聖約翰大學畢業。年輕時代他就較早地接觸西方的現代文學了。唯大學畢業時，正值日軍鐵蹂躪國土、魔手伸向上海的年月。一九四三年上海風聲日緊，幾乎成了孤島，病重的父親四處託人，毅然決定將二十五歲的兒子劉以鬯送到四川重慶去。父母含淚送她的情景被他描述在名篇《寒風吹在臉上像刀割》中。劉以鬯在重慶的《掃蕩報》做編輯。抗戰勝利後他回到上海開出版社，出版了些名家的書，但處境艱難，慘淡經營，無法維持：一九四八年，劉以鬯決定南下闖蕩香港。他依然在報館當編輯，因為不肯採用上級交來的一篇稿，被老闆炒了魷魚。一九五二年，他到新加坡和馬來西亞任編輯，遇到了他生命的另一半、即現在的太太羅佩雲，一九五七年他們告別了新馬，雙雙回到了香港，並開始了令人艷羨的婚姻長跑和對生活的奮取。婚後的劉以鬯，責任感很強，在幾家報館當副刊編輯的他，一份打工收入不足以養家，他非常拼搏，受邀寫連載小說，最高紀錄一天寫達十三個專欄，字數不下於一萬三千字。從五十年代到七十年代，劉以鬯就用兩隻手寫作，一手，寫娛樂別人的：另一手，寫娛樂自己的。他的幾部經典名著，如《酒徒》、《對倒》、《他有一把鋒利的小刀》、《島與半島》都是這樣誕生的。這些書出得很遲，每一部出版前，都經他大刀闊斧的刪改。其中，《酒徒》和《對倒》還成了王家衛拍攝《花樣年華》的靈感來源，二十一世紀，黃國兆導演還在艱難的情況下，將《酒徒》拍成電影，該電影忠實於原著，參加過國際不少著名電影展，廣獲好評。從一九八四年到一九九九年，劉先生受邀任《香港文學》總編輯，將刊物辦得很有特色，影響海內外。為了表彰劉先生對文學的堅持和貢獻，劉先生獲得幾個「第一」：一九九四年他獲邀香港臨時市政局「作家留駐計劃」第一任作家；二零零一年，他是第一個獲得香港特別行政區政府特首頒授榮譽勳章的香港作家；二零一零年，他獲選香港書展第一屆「年度文學作家」並由香港公開大學頒授名譽文學教授榮銜；二零一一年七月，香港特區政府頒授「銅紫荊勳章」給他；十二月，公開大學頒授榮譽文學博士給他。已經九十三歲的劉以鬯，有時還會出席一些文學活動，受到教授學者、大學生和年輕的讀者們的歡迎，紛紛索取他的簽名。

劉以鬯對文學的貢獻是多方面的。除了個人的創作外，在他辦報、辦刊方面，無論副刊內容、形式，還是培養新秀，都能做到胸襟開闊、識見卓越、目光放遠，貢獻良多。胸襟開闊指他主辦《香港文學》時，以香港為「基地」，面向世界，將世界華文文學與香港文學一起推動，經常組織各國華文文學的專輯，對於海外華文文學無疑是一份溫暖的支持；識見卓越，是指他在任《快報》副刊編輯和主編《星島晚報》文藝周刊「大會堂」的時候，經常約文學青年寫專欄，盡量爭取純文學的空間；在編《香港文學》的十五年裏，他認稿不認人，不講人情不搞交換，對於文壇新秀更是無限關愛，鼓勵再三，受惠於他的文友，後來都城了獨當一面的作家，迄今對他仍十分感恩，劉前輩的苦心栽培，直接為香港文學增添新血，壯大了香港文學的隊伍；目光放遠是指他雖然文學成就在當時或現在，在香港沒有人超過，但他從不是那種自私的只顧自己創作的人。八十年代中期他接手主編《香港文學》雜誌時，就推掉了很多報紙上的專欄，專心辦好這一份文學刊物。他辦的《香港文學》採取了彩色、圖文並茂的風格，很獲海內外讀者盛讚，也在世界華文文壇產生深遠的影響。當然，劉先生的貢獻和影響，來自他在編輯和創作上都有過人的才華，這些，又來自他的好文品和好人品。他是罕見的具有天分的香港之寶，被稱為「香港教父」、「香港文學第一把文學交椅」都不為過。

劉以鬯幾乎每寫一個短篇，都講究創意，被譽為將現實主義和現代主義融合得最出色的第一人，他從「兩枚對倒郵票」得到靈感寫出的「雙向意識流」的長篇《對倒》，藉酒徒的意識流對香港文學處境加以描繪和對文學發表見解的《酒徒》，還有利用重覆結構、訴說必然和偶然的短篇《打錯了》，在香港和海內外的文壇和學界，都產生了廣泛和深遠的影響。兩本長篇經典名著被翻譯成多國文字，每年都要再版一次。楊義高度評價劉以鬯的成就時說：劉以鬯「不少『實驗小說』幾乎一篇有一篇在結構上的創意，使人彷彿覺得他是一個小說結構形式的魔術師，處心積慮地向傳統小說的時空構成和情節順序發起挑戰」；談到《對倒》時他說：「能夠以正反比照、對倒錯綜的結構方式，組構成一種複調的意識流，實屬劉以鬯獨出機杼、無所依傍的一項發明」；談到他的才華，讚美之情更是溢於言表：劉以鬯「是一個非常高明的文藝副刊和文學雜誌的編輯家」，大家「都會為其版面的通變脫俗、清雅明麗說折服。由於他身兼作家和編輯家，版式結構和小說結構上的求美意念和操作才華，是可以互借而相通的」。（一九九三年《文學評論》第四期《劉以鬯小說藝術綜論》）。

二零零七年劉以鬯夫婦已經跨過了金婚長路。形影不離的他們借當年出版的《天堂與地獄》一書的前頁，由劉先生寫下了非常感人的一段話：「五二年赴新馬報界工作五年，五七年回港，同年與佩雲結婚，甘苦共渡五十載，未嘗二十四小時分離，適逢獲益重出本集，順便作為我倆金婚紀念。」兩老的廝守和對文學的癡互相輝映，譜寫了香港文壇的佳話

香港文學之寶

●東瑞

再過兩年就一百歲的香港資深作家劉以鬯，近期不斷有朋友為他慶賀生日，也有很多想採訪他的媒體（網路刊物、紙質報刊等），或因是「劉粉」而崇拜慕名，或想憑藉他名氣做大自己，目的不一。人一旦名氣如日中天，冷暖炎涼就不同。九十年代的劉先生，雖然已是香港純文學的代表性人物，但那時他沒有像今天這樣炙手可熱。

劉以鬯一九五七年從新馬回港，迄今整整一甲子年。許多愛讀連載小說專欄的老讀者對他的名字都不會覺得陌生。那時編報之餘寫十幾塊豆腐乾專欄的劉先生，一手寫娛樂讀者的小說，一手寫娛樂自己的小說，終於創造了文人靠爬格子買樓的奇跡。劉先生的小說經典，像長篇《酒徒》的名氣當時還是陽春白雪曲高和寡，早期出版社請他到香港書展簽名，他還信心不足，怕場面冷落。而後文壇一系列大小旋風來了：出版社出版他的一系列著作、王家衛導演的《花樣年華》電影素材和靈感的借取、香港書展選他為首任「香港書展」作家、邀請他和新加坡老作家謝克對談、幾間大學頒發名譽博士、教授給他、研討他作品的研討會的舉行、香港特區政府、香港藝術發展局先後頒發各種獎項給他等等，慢慢地給予他本應有的文學地位和應有的榮譽，情況大為改觀。值得注意的是比較鮮為人知的兩部電影的上映：黃國兆在資金甚少的情況下拍攝的《酒徒》和黃勁輝以臺灣提供的機會和資本拍攝的《劉以鬯一九一八》（列為《他們在島嶼寫作》系列之一，七位元中新世代導演共拍攝七位文壇大家，七位是西西、林文月、瘂弦、白先勇、洛夫、劉以鬯、也斯），可惜都在像《百老匯》那樣的小型電影院和香港電影資料館放映，不少喜歡他的讀者未必知情。

但無論如何，劉以鬯的影響比他三十幾年前大得多了。有些人還稱他為「香港文學教父」，是香港文壇最重量級的資深老作家。最了不起的是，香港第二代名家中的西西和也斯，當年也都是劉以鬯一手發掘的。劉先生是老報人，他先後編過《香港時報》的「淺水灣」、《星島晚報》的「大會堂」、《快報》的副刊以及令人懷念的《香港文學》的前十五年（一九八四——一九九九），培養的香港文學新人無數。他的大半生經歷，堪稱在香港報史和香港文學史上留下了明顯的足跡。由於有關他的話題多了起來，加上獲益出版社出版了他的大部分重要作品，如《島與半島》、《他有一把鋒利的小刀》、《對倒》、《打錯了》、《酒徒》、《不是詩的詩》、《暢談香港文學》、《模型，郵票．陶瓷》、《天堂與地獄》、《甘榜》、《熱帶風雨》、《吧女》、《黑色裏的白色．白色裏的黑色》和《香港居》等，他的讀者範圍顯然比過去廣泛和擴大得多了。尤其是在學界、高等院校的中文學系，他的幾部經典長篇如《酒徒》、《對倒》已經成為必修的課外讀物，而大學畢業論文和碩士研究生以他的名著為文本寫論文的更不計其數。劉以鬯的名字，於是更為大學文科生和一般文學愛好者所熟知。當然，劉以鬯的巨大影響力，除了他在栽培後進有傑出貢獻以及作品內容技巧的完美和精彩外，還有他獨特的個人魅力和文字風格的獨樹一幟。他成為香港純文學的領軍人物，是時代毫無疑問的選擇，這不但在香港，即使在世界華文文學界，也有不可估量的影響。稱劉以鬯為香港文學之寶，一點都不為過。

劉以鬯的創作生命力極長。從青年時代持續到老年，從上海發軔、跨境到新馬，一直到回歸香港，可謂精力超強，韌性十足。我們看古今中外的文壇天才，形成兩個大極端；一類，天分很高，但生命力太短，或病逝，或意外事故；一類，就如劉以鬯，從年輕二十來歲就開始爬格子，一爬就是六十幾年，一生創作不悔，並屢屢創造出奇跡；算一算，劉先生只是近八九年才基本不寫了，在編報編雜誌的時期，不時有令人驚喜的傑作，例如他寫的《打錯了》發表時就引起轟動，也引起熱烈的爭議，後來被時間證明不愧為傑作，先後被選進至少三十餘種海內外的選本中。在純文學道路上走了七十年，不怕寂寞，甘於清苦，這樣的作家，並不很多。劉先生是香港文學創作馬拉松的老健將，令人肅然起敬。

劉以鬯的創作與眾不同。不但與大眾不同，與其他作家不同，即使從自己方面來說，他也始終在挑戰自己，希望自己的長篇或短篇這一部（篇）與那一部（篇）不同。「與眾不同」是劉以鬯作品的標識，也是他被採訪時常常宣揚、標榜的創作追求，意義非凡，不但高度概括了他文學創作的突出特色，而且抽離他個人來看，也將「創作」兩字本身的內涵闡述、解讀得準確和淋漓盡致。

劉以鬯的文字簡潔乾淨。許多標榜現代主義文學的作家，有時文字非常西化、用詞晦澀、行文拗嘴難讀，劉先生主張文字必須深入淺出，用最淺白的文字來表達最深刻的意思：也還有一些現代主義文學的作家故弄玄虛，以高深為時尚，遠離讀者。劉以鬯的簡潔、充滿詩意的文字，贏得讀者，也贏得聲譽。

劉以鬯的作品具有結構之美。他的代表作《對倒》採取雙線平行結構；《酒徒》以意識流手法展開；短篇《打錯了》採取了複合結構。在其他不少作品中，除了結構的審美之外，還有源源不絕的創意。劉以鬯的這些特點和優勢，顛覆了傳統寫實文學的慣常規則，打破了創作方面的惰性和墨守成規，給香港文壇和世界華文文學以極大的影響和鼓舞。有關研究他的專家學者的文章，從零篇散章到專著，數量龐大。

可能有不少讀者還不知道，劉以鬯的著作、單行本的封面都是他自己設計的。劉先生不喜歡一般流俗的封面設計，也不喜歡複雜、華麗，他的書封面從未出現過人物。他主張簡單、鮮明和突出。少數如《熱帶風雨》採用報紙上的圖案、《黑色裏的白色，白色裏的黑色》採用西洋名畫，《他有一把鋒利的小刀》採用簡圖剪貼，《對倒》採用對倒的一對郵票做封面外，其他都是他採用各種顏色的方塊組成。一般都是他剪下一些色紙或畫報上的色塊，然後在一張模擬的封面紙樣上按照他的審美眼光粘貼和拼湊，再請封面設計師按照他的圖樣草稿在電腦裏設計和出效果。劉先生這樣地為自己設計封面，在作家中，也是很少有的。

各個國家或城市都有自己的文學大師或「寶」，劉以鬯是香港的文學之寶，當之無愧，實至名歸。

小說魔術家劉以鬯

• 東瑞

劉以鬯屬於香港文學大師級人物，他遽然作別世界，應該含笑：肉體不在了，留下的極為豐富的文學作品財富，而他的創新精神也必將不朽，給愛好文學創作的年輕人以不滿足於現狀的榜樣，鼓舞我們對小說技藝進行努力的探索和實驗。

劉以鬯先生的無數文學作品是值得我們仰視的、暫時很難超越的一座座高山；他像生物實驗室的解剖師，把小說像有生命的肌體那樣，揭開內在的構造，然後重新組合，賦予小說以新生命；當然，形容他為調酒師也是適合的，他將現實主義和現代主義兩種文學流派，如不同的酒那樣調配混合，調製出小說新品種。最形象的形容，莫過於說他是小說魔術家，將小說「玩」得出神入化，顛覆了傳統小說的「起、承、轉、合」的秩序，卻又不是截然摒棄傳統。他活化了傳統的現實主義，令他的無數小說呈現出變化無窮的面貌和形式。

中國著名作家老舍說過類似的話，文章，不在於我們寫甚麼，而是怎樣寫？俗話也有對各種技藝的好總結，如「戲法人人會變，巧妙各有不同」。我們已經領略過《酒徒》以酒徒視角和醉話匯合成意識流動的美妙，我們也分享過他《對倒》裏對倒的平行雙線結構下社會和景物流動的精彩；視劉先生為偶像的新老讀者和作者一定不會忘記劉先生曾經提出「小說會不會死亡」引起的激烈大辯論，也不會忘記他的《打錯了》發表時引起的熱烈的大爭論。實際上，劉先生的小說風采，不止體現在《酒徒》和《對倒》這兩部長篇經典，他勇敢領軍，引發潮流，不但高瞻遠矚，還現身說法、親力實踐，大大影響了香港的小說界的創意和革命，令香港小說的水準不致落後太遠，而能與世界水平接軌。

二零零二年獲益出版社出版《我怎樣寫作》（東瑞、瑞芬編），廣邀港、澳、台五十位著名作家共寫創作心得，劉以鬯就寫來一篇兩千字的、非常精彩的《「娛樂他人」和「娛樂自己」》，排在目錄之首。該文的第一句話如此寫：「從一九三六年發表第一篇短篇小說到現在，我一直在學習寫作，主要寫小說。」看，十八歲就開始寫小說的劉以鬯，那樣謙虛，為寫小說探索和學習了七十二年！他在解釋「娛樂他人」和「娛樂自己」時這樣說：「寫

『娛人』小說時，目的只在換取稿費，不避俗，也不避熟。寫『娛己』小說時，我有意通過實踐去尋找另一類敘述方式」，他還列舉了他的十二種小說（短、中、長篇）說明。他有段金句說得非常好：「有些人為了使作品獨具一格，喜歡用晦澀難懂的文字寫小說，我在學習寫小說時，喜歡用簡明易懂的文字探索不同的表現方式。」劉先生和許多中外名家一樣，最後採取了「深入淺出」的路子，不是媚俗和流俗，而是用雅俗共賞的包裝爭取讀者和贏得讀者。

如果我們參照劉先生點評他自己的十幾篇小說作為我們必讀小說的話，必然會走進他與眾不同的特殊小說世界，感覺到他是中外獨一無二的大文豪，讚他為世界級作家也無愧。

是的，除了他《酒徒》、《對倒》兩部長篇和小小說集《打錯了》，他的粉絲們和學者們耳熟能詳外，他的小說藝術的表現，遠遠不止這三部。我們先看他的中長篇：

《島與半島》將文學嫁接了新聞，造成了異常真實的場景；一戶四口人家像小船一樣，就在驚濤駭浪中起伏顛簸，緊張得令人無法喘氣；

《他有一把鋒利的小刀》將內心獨白和客觀敘述交錯推展，讓讀者感覺人物的心理活動細膩而豐富，一反人物平面化的寫實作品；

中篇《寺內》將《西廂記》故事新編，又以詩的語言包裝，令讀者和作者閱讀後嘆為觀止，原來小說竟然可以經營得這樣美；

中篇《猶豫》用人物的思想活動推展故事情節，沒有一句對白；《珍品》和《猶豫》的特色恰恰相反，全文幾乎都是對白，劉以鬯的大本領是通過一枚郵票刻畫描述了三個人物的性格和內心世界；《鏡子裏的鏡子》嘗試了將現實主義和現代主義融合在一起；

再看短篇，一旦落到魔術家劉以鬯的手中，更是花樣翻新，多姿多彩，許多中外名家的短篇以內容取勝，論技法大革命的導師，我們無法不向劉一鬯先生致敬：《黑色裏的白色　白色裏的黑色》運用了菲林陽片陰片的原理映襯和凸現人性善惡；《打錯了》在重複結構穿插變異，描述生命的偶然性；《春雨》以雨景和人情緒的混亂，描述和隱喻政治的動盪；最奇特的是這樣的三篇，《吵架》只是類似劇本的舞台設計，從物件推斷男女人物的衝突個性：《動亂》從馬路空間十四種沒有生命的東西的視角寫一個特殊年代；《鏈》以相關人物或東西的鏈接開創了「鍊式結構」的寫法；而劉氏故事新編《蜘蛛精》、《追魚》等篇，或注入現代的人性，或老故事裝新酒，都是那樣一新讀者耳目。

看一看劉先生的這些創意小說文本，我們完全可以從一個個典範例子，深刻醒悟為甚麼說小說是語言的藝術了。如果說文學史上的大師多數從遣詞造句打造文學藝術的話，那麼劉先生從結構和技法上不斷顛覆舊傳統、將小說現代化、活化方面貢獻良多、居功至偉，那應該是十分恰當的，不愧為一位高明不倦的小說魔術家！值得我們學習。

與眾不同　無悔今生

——悼念文壇巨星劉以鬯殞落

●東瑞　瑞芬

六月八日晚接近午夜，劉以鬯太太用手機傳來劉以鬯先生當日下午二點二十五分病逝於東區醫院的訊息，一時感到非常突然。我們當即回以：啊，非常突然，我們非常傷心難過⋯劉太要保重⋯⋯。我們想像得出失去另一半對劉太羅佩雲的打擊和悲痛；也相信她的堅強和勇敢面對，會處理好劉老的後事。這幾年劉以鬯先生健康每況愈下，大部分出版事宜已經由劉太獨當一面一手承擔了。

也許是出諸天意，「天有好生之德」，由央視、衛視委派的團隊拍攝劉以鬯專輯紀錄片的大部分工作業已完成或告一段落，才讓他走到另一個沒有喧鬧和紛爭的世界。紀錄片可以保存很久，讓更多的讀者和觀眾領略和瞻仰他和夫人的人生風采。

令人十分欣慰的是，雖然劉先生不是少年得志、不少文學榮譽來得稍遲了一些，但他和那些生前默默無聞、逝世後才被發掘和追認的一些文學天才不同；劉以鬯在晚年獲頒了許多實至名歸的榮譽和獎項。例如香港特區政府頒授榮譽勳章、銅紫荊星章；幾家大學頒發給他名譽文學博士；香港藝術發展局頒授傑出藝術貢獻獎、終身成就獎給他。這些都是實至名歸的。當然如果說榮譽畢竟是虛空的，那麼他那些文學藝術傑作，影響了香港和華文文學整整一代人，今後還會穿梭和跨越時間，讓文學愛好者從劉以鬯大師的作品中汲取豐富文學乳汁。這才是不朽的盛事。

劉以鬯有幾個「少有」：他是少有的堅持純文學創作長達七十幾年的資深老作家；他是少有的在創作上技法「與眾不同」且實行多元化變化的作家；他是少有的為現代主義和現實主義等不同流派文學朋友都接受的、一致認同、同奉為一代文學大師的作家。我們曾經訪問過劉先生，如果贈送一句良言給今日的文學青年，他會說甚麼？他說；「多寫作，少發表」。這一句話到今天我依然記得很牢，那是希望年輕人多苦練磨礪、謹慎發表的意思！多麼言簡意賅的六字金句啊！與那種撒漁網式的投稿策略恰恰相反。

一位從事文學創作的作家，偶然在技巧創新一次毫不出奇，但像劉以鬯那樣重要的好幾部小說都有不同新意、從不重複自己就太難太難，但劉先生卻是完全做到了！他用自己的文學實踐將文學是最神奇最美妙的語言藝術演繹和發揮出來，令人嘆為觀止！例如，他的傑作《酒徒》開創了中國意識流長篇的先河，以酒徒的內心獨白暢論和批評三十年代以來的中國現代文學，也以酒徒的醉言醉語展示香港純文學及其從事者艱難的生存處境；他最喜歡的另一代表作《對倒》以複式結構書寫了中年男子和花樣少女不同的價值觀和香港社會現狀；他的《島與半島》將文學嫁接了新聞，造成異常真實的情境；他的《他有一把鋒利的小刀》將內心獨白與客觀敘述交錯並推進情節發展；他的《黑色裏的白色　白色裏的黑色》小說集將黑白兩色作為作品的不同意象熟練運用到人物、情節和主題中。他的一系列故事新編，如《寺內》《蜘蛛精》《追魚》等都注入詩化、現代化、人性化的元素。舉不勝舉，他的前無古人的勇敢實驗和創作努力，給予海內外文藝青年無限信心。有人說，劉以鬯的粉絲，都是年輕人！

尤其是最叫人們欽佩的是，劉先生不僅是成功的作家，還是出色的編輯家。表現在：用稿上文質第一，認稿不認人；尊重作者的文風，除了錯字一般不隨意更改作者文稿；當時未用電腦排版，劉以鬯都自己設計版面和划板，尤其是星島晚報文藝週刊「大會堂」的版面，意念都很超前。再者，香港的報紙副刊內容，都要求通俗，以娛樂和消遣為主，劉以鬯卻敢於冒被炒魷魚的危險，邀約純文學作者寫文學濃度比較高的稿件，使純文學作品得以在工商業的夾縫中生存。編輯，有人只是當一份職業，像劉以鬯這樣懷有使命感的，還是比較罕見的。

劉以鬯和夫人羅佩雲情投意合、形影不離，是為人所稱道的香港文壇模範夫妻。為了讓劉先生專心致志地工作和寫作，劉夫人承擔了家庭大部分工作。劉太照顧丈夫的生活起居堪稱無微不至，飲茶時為他夾點心，劉先生為讀者簽名時劉太太為他翻書頁並按住、方便他寫字。最感人的是劉以鬯先生早期每天寫十三個專欄，幾十年下來，剪報堆積如山，有的壓在箱底，都是靠劉太太慢慢尋找、發掘、整理和影印。劉先生有好幾部重要的長篇小說，如《熱帶風雨》《香港居》《吧女》都是靠劉太和一些熱心的朋友協助找到和完善書稿才出版、最後成書的。我們常常說一個成功的男人背後總是有一位女性的支持，劉太羅佩雲女士正是這樣的女性，居功至偉。二零一三年香港藝術發展局頒授傑出藝術貢獻獎給劉先生時，劉太親手奉送鮮花給劉先生，場面感人，全場起立，掌聲經久不息。大家都為他們牽手走過大半生、相濡以沫、互相扶持而感動不已、熱淚盈眶。大家都不會忘記，當時劉先生得獎感言是小思老師讀的。這真是不可多得的向文學藝術致敬的情書，劉先生回顧自己的一生，感謝很多人，最後幾句是：「特別感謝照顧我五十多年的太太，她是我生命中最重要的人物。」「人生路崎嶇，文學路不易行但是我無悔今生。」

回顧劉先生的低調、謙虛也足為文人楷模。他寫那麼多，從不標榜寫了幾千萬字；他對自己著作的銷行、為讀者簽名的信心從不爆棚。他主編《香港文學》期間，將雜誌設計成直排、半彩色的風格堪稱報刊業界的獨一無二，獲得的讚賞口碑迄今依然不衰。但他只是默默工作，未見他標榜過。他辦刊物的作者群非常廣，絕對大公無私，德高望重令人敬仰。

文壇升巨星、出大師太不容易。當我們回眸一個世紀的香港和世界華文文壇，才驚覺文學路的坎坷艱難。有志之士漸漸發現劉以鬯及其作品的價值了，於是有了王家衛的從中取材的《花樣年華》和《二零四六》；黃國兆的拍攝《酒徒》；黃勁輝的導演《劉以鬯：1918》；央視和衛視拍攝的《百年巨匠》等。劉以鬯以大半生精心竭力書寫香港，我們香港是否應該為他做得更好呢？比如建立劉以鬯文學館也不為過，成為香港的一道重要美麗風景，既然我們都承認他是香港文學之寶。

文壇馳騁半世紀

——傑出小說家劉以鬯

●東瑞

《文滙報》週日文藝版編者為老報人曾敏之，發表此文時寫了如下編者按語：本刊今期鄭重推出香港作家東瑞評介老作家劉以鬯作品的專論，值得一讀。

蜚聲海內外，筆耕逾半個世紀的劉以鬯先生，是香港文壇的宿將。近幾年，他創辦、主編《香港文學》月刊，堅持不懈地致力於推動海外華文文學，取得了卓越的成績，贏得了海峽兩岸以及海外文學界的口碑。

一九八七年我受邀赴馬來西亞參加「第二屆國際文藝營」，在吉隆坡郊外的美馬湖高原，講習班休息當兒，大馬華文作協主席、詩人孟沙問我：「劉以鬯先生是搞純文學的，但也曾寫大量娛樂別人的專欄，這不會影響他的聲譽呢？」

我搖搖頭：「不會。」

星馬文友的衷心致意

一九八八年十一月我再次受邀赴大馬作「鄉青小說獎」的評判，閒談時候，大家不期然地又談到文藝刊物，談到《香港文學》和它的主辦人劉以鬯先生，對雜誌的高質量內容和精致的編排形式表示激賞，對劉以鬯的堅持發出了由衷的讚美，但與此同時，對雜誌在一個工商業社會的生存前景和命運表示擔憂。

我說：「我還沒聽説它要停刊。」

好幾個文友托我向劉先生問好。我回港轉達了他們的致意。那時，我心裏想，這種親切的致意，並不純是因為劉以鬯和新馬的文學因緣。一九五二年劉以鬯應新加坡《益世報》之聘，任該報主筆；一九五三至一九五七年，他任吉隆坡《聯邦日報》總編輯。那時，大家都還是乳臭未乾的少年。文友們的問好，最根本的來自對將一生給了文學事業的老作家的深深敬意。

是的，在吉隆坡聯邦酒店舉行的表揚大馬華文老作家的「源頭治水文藝之夜」晚會上，當韋暈、方北方、原上草上台領獎時，我又油然想起了劉以鬯。奇怪香港為甚麼沒有類似的宴會。香港常有甚麼競選、十大之類，頒獎事項無日無之，卻彷彿視文學為無物，對文壇有貢獻的老作家似乎永遠沾不上邊。

我們不該忽視劉以鬯以及和他同輩的老作家。文學是人學，是心靈的生產勞動，其價值遠非金錢所能計算。一個社會沒有文學，不重視有貢獻、有成就的老作家。畢竟是不完美和極度可悲的。

博大精深的小說世界

劉以鬯對文學的貢獻，首先是在小說方面。他是香港最傑出的小說家之一。在香港，有些人將小說當謀生的工具；在某些國家，當權派希望文學成為政治的奴婢。劉以鬯把小說視為藝術。雖然半個世紀的創作生涯，他也寫了大量「娛樂別人」的東西，但在生存和溫飽得到起碼的保證之下，真正的藝術精品，才是他致力經營的。在「娛樂自己」的宣言和實踐中，劉以鬯娛樂自己也同時使文藝愛好者受益。對中國和香港的文學，對華文小說藝術做出了貢獻。

大部分「娛樂別人」、為謀生的意義而寫的東西被劉以鬯自己篩選和淘汰掉了。他撰稿入集的標準異常嚴格，因此直到他七十歲，我們可以見到讀到的他的單行本並不多。小說集有《劉以鬯選集》、《陶瓷》、《春雨》、《酒徒》、《寺內》、《蛇》、《一九九七》、《天堂與地獄》，評論集有《端木蕻良論》、《看樹看林》、《短梗集》，譯作有《人間樂園》、《娃娃谷》，主編的書或業書有《外國短篇小說》、《中國新文學叢書》、《香港文學散文選》、《香港文學小說選》等。

劉以鬯自選入集的小說雖不很多（與所謂多產「作」家比較而言），但儼成一個博大精深的、豐富多彩、技藝高超的小說藝術世界。他對小說藝術的苦心、深入研究和鑽研，他的小說作品作了極好見證。他憑着自己文學才華的出色表現，奠定了他在香港及海內外文壇的地位。他是獲大陸有關文學研究機構出版《劉以鬯研究專集》的第一個香港作家。他的文學地位，在香港的這幾十年，仍沒有哪一個作家超越。他對嚴肅文學的堅持，在工商業社會的香港極為難得，堪稱具有作家良知和作家使命感的香港作家的傑出代表，因此包涵着深刻的社會意義。

劉以鬯通曉中英文，博讀過中外大量文學作品，並認真加以研究，通過自己的作品不斷在小說中創新和突破，贏得海內外文壇一片喝采。技巧上固是如此，在思想內容方面也頗為精深。從他幾部著名的小說以及大量短篇來看，他的作品現代感、社會性皆強。他最擅於刻劃工商業社會物質文明和人性的關係；描寫在嚴重的激烈的社會競爭下，人性的無奈、猶豫、異化、軟弱等等弱點、探討人對環境的抗爭和自身內心的掙扎以及在物質、慾望的誘惑下人與人之間的各類複雜關係。這是劉以鬯小說中最為出色的部分，尤其是當他不願重複、不願守舊而將現代主義一些好技巧和寫實主義的傳統揉為毫無痕跡的一體，使每一篇小說都有各自的生命力時，他的努力都沒有白費，這些小說都產生影響，獲得成功，使評論家和讀者都禁不住驚嘆：小說原來可以這樣寫；小說原來必須發展，才能產生更大魅力。

長篇《酒徒》為劉以鬯帶來聲譽不是沒有理由的。是不是中國第一部長篇意識流小說我沒研究；以我個人「閱歷」而言，以意識流為主要手法結構成如此長篇，且技巧上達到這樣流暢完美的，中國現代文學史上並不多見。施蟄存等新感覺派的那批運用了感覺主義等現代技巧的小說，篇幅並不長。老舍的《丁》極短。王蒙的意識流作品起步很遲。《酒徒》以一個常在清醒和朦朧世界徘徊的酒徒的視角和意識流動為主體，反映工商業高度發展的社會和「文學」「文人」的關係，充滿了對荒謬現象的深刻嘲諷，對人性被扭曲的悲哀，寫得入木三分。由於劉以鬯的意識流技巧掌握得極好、有分寸，讀時有種彷彿聽到主人公脈搏跳動、喃喃自語的感覺，震撼力甚強，的確非同凡響。要了解劉以鬯的文學思想，以及他為甚麼對嚴肅文學數十年如一日地堅持，《酒徒》是必讀的一部作品。劉以鬯另一部長篇《陶瓷》也是一部力作。小說主要以簡潔的對白推展情節，寫出了人類慾望、佔有心理的無盡和可怕。人性的貪婪和對物質、身價的狂熱追求，在作者筆下被描繪刻劃得淋漓盡致。作者較為滿意的另外一部中篇是《對倒》。小說有兩個人物，一個是生活在回憶裏的「老頭子」淳於白，一個是整天發明星夢的少女亞杏，「情節」分兩條線進行發展，最末兩人在夢中「交合」了。末尾寫各向東西分飛的麻雀，「它意味着兩種意識的不能調合，只能是夢幻。當然《對倒》中寫了淳和杏的許多『異同』，寫了物質、慾望的壓力，寫了新舊文化意識的既對抗又『交合』的兩面，寫了人性之本『慾』之共通」（引自拙文《略談劉以鬯的小說》）。（略去談劉氏寫實小說一節）

當然，更令人激賞的還是他融合各類現代技巧寫成的那一批。收入集子中的《天堂與地獄》、《猶豫》、《珍品》、《龍鬚糖與熱蔗》、《春雨》、《第二天的事》、《鏈》、《吵架》、《動亂》以及「故事新編」《除夕》、《蜘蛛精》、《寺內》和《蛇》等，寫法幾乎沒有一篇是相同的。文壇有曰：超越別人容易，不斷超越自己則難。劉以鬯在這方面堪稱才情四溢和富有勇氣，他是一個不斷超越自己的作家。「小說會不會死亡」是十年前的一個熱門話題。必須指出，作家的惰性造成的小說寫法雷同和小說題材近似，正是小說邁向死亡的重要因素。劉以鬯短篇乃是真正的短。視角多變，精心結構；結構在他小說中已不僅止形式的意義，而是反映思想內容的重要組成部分。也許讓庸手來寫《天堂與地獄》要寫上幾萬字，但劉以鬯的這篇傑作只用了極為經濟的三千字。劉先生看中了一隻蒼蠅，並借助了牠的眼睛。徐娘將大胖子丈夫給她的三千元去養小白臉，小白臉又將之去養媚媚，媚媚又將它交給控制她的大胖子，大胖子復送給他所懼怕的太太徐娘。環環相扣，將資本主義社會人與人之間那種散發出銅臭的齷齪關係巧妙表現出來。這篇小說充分地運用了蒼蠅視角的優勢。是絕妙的「環式」結構。《猶豫》「用小說人物的思想去推動情節」，寫出了一位來港探親婦女眼中的香港。沒有一句對白。劉以鬯的深厚功力就在於從一個人物的意識、心理、感受反映香港社會狀況和眾生相。香港色彩之濃郁，是外地作者不易寫出來的。《珍品》寫人性的暴戾、不和和陰險，波瀾和轉機控制得富於節奏性，最妙在於作品中三個人物個性和心理變化，均由郵票引起。作者的另一篇人物不出場的《吵架》，只寫陳設和畫面，但不難藉此推測和分析出人物個性。《春雨》也沒有人物，思緒的流動緊扣雨景的描寫，托出一個動盪年代。《鏈》寫盡大都市的眾生相，十張嘴臉都用「鏈」串起。《龍鬚糖與熱蔗》以簡約鮮明立體的電影手法寫了小人物亞滔和珠女的愛情悲劇。如果我們在新形勢下重讀《動亂》，必然會有新體會，小說的十四個主角（吃角子老虎、石頭、汽水瓶、垃圾箱……），在一場

「動亂」中有被害的，有被利用的，有遭毀滅的……各為一場動亂見證。劉以鬯的小說世界，因為形式不同，更能使小說內涵深刻化，也給小說作家以創新的巨大勇氣。

他的另一個貢獻是「故事新編」。與魯迅當年那批故事新編已不同，魯迅藉古諷今，劉先生則賦予新意，或做新的詮釋，或將詩意、詩因素糅入。《寺內》、《蜘蛛精》和《蛇》都是其中典型代表作。《蜘蛛精》當年在《海洋文藝》發表時十分轟動。古典通俗小說的題材以絕對現代的意識流技巧去重新創作，效果非常好。偽君子假道德者流只看到唐僧和蜘蛛精交合，高水準讀者則看到了人性的弱點，意志力在慾念女色前打了敗仗。《蛇》剔除迷信，生動刻劃人類的疑心之害，小說行文之美，可說是詩和小說完美的結合，僅舉一段，可窺全貌：

「燭火跳躍，賀客的喧嘩已被關在門外。花燭是不能吹熄的。慾望在火頭尋找另一定義。帳內的低語，即使貼耳門縫的丫環也聽不清楚，那是一種快樂的聲音，俏皮的丫環知道：一向喜歡西湖景致的白素貞也不願到西湖去捕捉天堂感了。從窗內透出的香味，未必來自古銅香爐。夜風，牆外傳來打更人的鑼鼓，他們還沒睡。」

這是一段相當精彩的文字。意象、形象、物象、聲象紛呈，優美的畫面內，有極為豐富的寓蘊，詩意就在字裏行間像流水柔柔流動，也喚起了讀者無窮盡的聯想。類似的行文，在

《酒徒》《寺內》《春雨》中比比皆是。一般寫實時，劉先生的語言屬於凝練、簡約、樸素一型；一旦他運用了意識流、心理、幻想等手法時，奇特別致的構詞組句方式就層出不窮。文學於劉先生而言絕對不是政治武器，但他的語言顯然是「文藝子彈」，決不浪費和虛發。

卓越出色的文學活動

劉以鬯一九一八年生於上海。畢業於上海聖約翰大學哲學系。從抗日時期他就是報人了。先後於重慶《掃蕩報》、《國民公報》任編輯，創辦過「懷正文化社」。一九四八年來港後，任多家報紙副刊主編。在香港時報編「淺水灣」副刊時，為引進和推介前衛文學思潮做了許多貢獻，影響巨大。而今在某報主編文藝性的「大會堂」周刊，至少也有十年了。該刊成為在海內外甚有影響、水準甚高、壽命很長的一份香港文學重要周刊。四十年來，劉以鬯幾乎把他的智慧和精力貢獻給了文學。最為難得的是，他並不以個人的傑出文學成就為滿足，他的胸襟十分寬廣，眼界長遠，想到了整個香港文學和世界華文文學的未來大計。這不妨分兩方面來看。

對於在工商業環境中艱難發展的香港文學，劉先生是盡了不少努力去推動的。一方面在他擔任報刊副刊編輯時，大力扶植、栽培年輕文藝作者，約他們寫稿，經常聯絡，給予鼓勵，不斷壯大純文學隊伍（這方面例子很多，詳見拙文《劉以鬯——推動華文文學的功臣》，刊香港《華文》月刊）。另一方面他自己不時也發表一些重要論文，引以討論。《小說會不會死亡？》和「作家和社會的責任」就是兩次引起熱烈參與的文藝論爭。目前在「大會堂」展開的有關香港文學、「次文化」的討論也是頗有意義的。可以說近乎半個世紀以來，劉以鬯為純文學的純潔性，為使香港文學的發展，為培養新的作者，不遺餘力。這難免引起一些人的不安和不快，而大多數香港嚴肅文化工作者、寫作人都深深感激他，視他為榜樣，以他從事文藝的「五十年不變」的癡心和情懷作為堅持嚴肅文藝創作的精神力量。

劉先生的獻身精神，更重要的應該說是在對世界性華文文學的出色貢獻。五年前，他推掉了報紙上的所有專欄，創辦起《香港文學》，如今已堅持了五年，成為發展華文文學的一份重要的、有影響的雜誌。他團結了各地不少華文文學作家和愛好者。《香港文學》作者面之廣，份量之重，影響之大，都不比香港有過的文藝雜誌遜色，更或有過之而無不及。而裝幀設計之精美，水準之高以及公正開放的態度，很快受到海內外有識之士的一致讚揚。它成了華文文學中帶權威性的雜誌；它具有的優勢，均為大陸及台灣所無。儘管曾經也遭同一「陣營」中極個別人的閒議不滿，海內外文壇卻都肯定了它的作用。必須指出，這和劉先生的膽識、胸襟和魄力分不開。他既是高水準的主編，又是傑出的小說藝術家。半個世紀以來，劉以鬯以自己的小說精品和創作才華贏得海內外文壇的敬重；劉以鬯也以卓越的文藝活動得到了華文文學世界的廣泛支持和愛戴。

傑出創造：新聞如何相遇文學

——《島與半島》再版前言

●東瑞

讀劉以鬯長篇《島與半島》已經是第二次，兩次相隔了二十二年。讀畢掩卷，不能不讚歎：劉以鬯不僅是文學大師，而且是一位文體藝術家。他每一部長篇的技巧和形式都不同，他是將小說當藝術品來打造的。他的貢獻，不僅是對香港、對中國大陸、對華文文學而已，而且是對整個世界文學，具有世界性的意義。

《島與半島》是劉以鬯長篇裏相當重要的一部；我們不是因為他榮獲了香港幾個最重要的獎項而考慮再版《島與半島》，而是基於《島與半島》本身的價值。他的《對倒》、《酒徒》、《他有一把鋒利的小刀》、《吧女》等長篇都以不同的形式創意在海內外產生巨大的反響；如果讓《島與半島》斷版，那是滄海遺珠，未免是一個遺憾。

《島與半島》初版於一九九三年七月，當時劉先生在《香港文學》任主編，進入第九年；我和瑞芬創辦獲益才兩年。劉以鬯將它和《他有一把鋒利的小刀》先後交給我們出版，可見他對《島與半島》的重視，也是對小出版社的大支持。但《島與半島》出版後銷行走勢不快，比諸他後來幾部長篇的情形不能同日而語。加上我們一直慘淡經營，《島與半島》售完後重版的事就擱在一邊。然到了近幾年，躺在書架上那最後的《島與半島》少量殘舊餘書，那麼巧，先後有幾個讀者、香港文學研究者並不嫌棄，都想購得，我們於是或贈送或半價、象徵性地給了他們。這使我們想到，《島與半島》的再版，應該提到議事日程上來了。

《島與半島》是劉先生寫於七十年代的小說，迄今已經四十幾年。它於一九七三年到一九七五年在《星島晚報》連載，原文長達六十五萬字。出版前，劉以鬯加以濃縮，刪掉了五十萬字。小說反映的是香港一九七三年到一九七五年的社會生活，正好是作家寫作和連載發表的時間。世界名家的長篇，十有七八其時代背景都是「過去式」，大都是隔了一個長時期才訴諸文字的。據説那樣才可以「高瞻遠矚」、「登高望遠」，劉以鬯不信那些説法，他完全是「寫當下」；他關注和掌握當時大量香港現實社會的真實素材，令《島與半島》貼近香港社會，成為其新聞性和細膩性都是獨一無二的長篇傑作。

劉以鬯在本書《自序》裏提及在六十年代美國出現的「新新聞主義」和七十年代在中國出現的「紀實文學」。一方面指出他無意寫這樣的小説，一方面謙虛地表示不知道《島與半島》應該如何歸類。在中國大陸一度盛行的「紀實文學」又稱為「報告文學」，它必須以真人真事為基礎，是一種有限制的文學樣式，可以適當虛構，但限制在嚴格的、不損害真人真事的大原則內。李輝的定義是「紀實文學，是指借助個人體驗方式（親歷、採訪等）或使用歷史文獻（日記、書信、檔案、新聞報導等），以非虛構方式反映現實生活或歷史中的真實人物與真實事件的文學作品，其中包括報告文學、歷史紀實、回憶錄、傳記等多種文體。」（李輝：《紀實文學：直面現實，追尋歷史——關於〈中國新文學大系紀實卷〉（一九七七—二零零零年）》，刊載於《南方文壇》二零零九年第一期）從真人真事的基本要求來看，《島與半島》不是紀實文學，因為「《島與半島》雖以真實事件為依託，書中人物卻是虛構的。」（劉以鬯《自序》）在美國六十年代出現的「新新聞主義」原是一種新聞報導形式，主要是將文學的寫作手法（比如對話、場景和心理描寫）用於報導，而「新新聞主義小說」則是包含了此類特點的小說。很顯然，劉以鬯的《島與半島》也不屬於它，這部小說不採用真人真事（情節），而只是「緊緊把握時代的脈搏，將濃厚的地方色彩塗在歷史性的社會現實上，讓虛構穿上了真實的外衣。」、「將實際存在的現象轉為藝術現實」。（劉以鬯《自序》）。我們從《島與半島》的寫作特徵看到了一位傑出的小說家同時也是一位出色的文體創造家。

「《島與半島》寫的是香港（島）與九龍（半島）。」在本書的自序裏，劉以鬯如是說，開宗明義，絕不含糊。在劉先生的長篇小說裏，這樣強調地域性的書名，還是比較罕見的。重讀《島與半島》，幾個方面的特色給人的印象頗為深刻。

其一，社會背景的選擇頗為特殊。一九七三年到一九七五年正是香港經濟大衰退的年代。那時候，通貨膨脹，物價狂漲，工商不景，失業人多，搶劫成風，治安惡劣，遊客銳減，樓宇滯銷，屋宇加租，原料漲價，股市下瀉，恆生指數從一千七百點下跌到二百七十多點……幾乎各個領域壞到不能再壞，這就是那時期的香港社會。以這樣一個特殊時期為背景書寫和安排香港小人物的命運，無疑極為生動形象，具有事半功倍之效，小說在在說明民生和經濟的盛衰、社會的安定都是息息相關的。

其二，以一個平凡家庭的平凡小人物（夫妻和一對兒女）為核心，寫他們在動盪不安、經濟衰退的社會如何掙扎求存，如何在發生分歧、爭吵的同時又互相包容、忍讓。夫妻沙凡、沙太之間的唇槍舌劍，兒子沙勇的反叛固執，以及圍繞他們周圍的一些朋友受香港經濟衰退影響的痛苦遭遇，都在相當程度上重現了那個年代香港小市民的生活，寫得逼真而且細緻入微。劉先生說：「為了加強小說所具的真實度，故意採取簡單的結構，寫一些平凡人的平凡事，我認為：簡單的結構較編造的敘述更能增加小說的真實度。」（《自序》）在劉先生的長篇中，《酒徒》以人物意識流動組成結構，《對倒》採用雙行結構推展情節，《他有一把鋒利的小刀》用內心獨白和作者旁述相結合方式開展故事，部部不同；《島與半島》將一個平凡家庭放在驚險翻騰的經濟惡浪裏考驗的情景寫得淋漓盡致，體現了文學大師劉以鬯超凡的經營，表面上是平平淡淡，實際上是暗流波湧，筆力千鈞。

其三，細節真實，以小見大，以社會發生的事件輻射和影響人物性格和人物的關係和矛盾，充分描寫，充分發揮了細節在小說裏的作用。因此，雖然劉以鬯說「《島與半島》的故事性很弱，情節缺乏內聚力，也不錯綜複雜」，我們依然被緊緊吸引，為書中小人物可憐無奈的命運，為香港的普羅大眾的艱難生活，為令人驚心肉跳的股票狂瀉、治安壞透影響民生而關注同情。作品對社會事件的真實細節詳加描述，引發人物矛盾衝突和典型性格的形象凸顯，比比皆是，也是香港文學作品少見的現象。例如沙凡一家人因為天氣久旱不雨而對颱風帶來雨水的強烈渴望；因為制水、草紙起價而沙太大量搶購水桶、搶購草紙，引起夫妻的激烈矛盾；因為治安太壞致使沙勇推銷洗衣粉而幾乎次次吃閉門羹……劉先生甚至細心到將當時比絲、嘉曼等幾個颱風的名字入文。我們可以讀到劉以鬯不僅僅是喜歡實驗新技巧的大師，同時也是一位關心社會和民生的充滿社會良知的作家。

最後值得一提的是，本書的語言非常精彩，例如，劉先生運用排比句，用得出神入化，有力地重現社會現實，在他的其他長篇裏非常罕見。例如第二十三章，專述香港的治安，為了反駁警方推卸責任，他一連用了二十七次「警方說：本港罪案並不如想像嚴重」，每一句下面就簡短地羅列當時發生的罪案事實，非常有力。這些事實從犯罪者的年齡、地點、方式、種類、受害者的年齡等等，全面地重現了經濟不景帶來的治安的敗壞、罪惡的頻發。在此，作者的多方介入，也是很特殊的。

《島與半島》是劉先生長篇長廊中，其實驗意義不亞於《酒徒》、《對倒》、《他有一把鋒利的小刀》創意新穎的作品，提供了新聞與文學相遇時融鑄成精緻藝術的成功範例，希望引起文學愛好者和研究者的重視。

二零一五年六月二日

菲林上的文學風景

評賞短篇《黑色裏的白色 白色裏的黑色》

●東瑞

1

劉以鬯先生的短篇小說《黑色裏的白色 白色裏的黑色》初次發表於《香港文學》第八十四期（一九九一年十二月），三年後，第一次收入以它作為書名的一本中短篇小說集中（劉以鬯：《黑色裏的白色 白色裏的黑色》，香港獲益出版事業有限公司，一九九四年五月版）。

《黑色裏的白色 白色裏的黑色》全文不過六千字左右，卻以其現代現實主義的色彩、個人富於創造性的結構和技巧，震動了海內外華文文壇，激起強烈的反響。

發表它時，劉以鬯已七十三歲。其創作的熱情，不因年齡的限制而稍減；其創新的勇氣，也不因近年佳作頻出而略歇，令文壇上許多故步自封、不思長進的人慚愧，也必將在突破小說傳統模式、鼓勵創新、推動華文文學發展方面，帶來不可估量的影響。須知在此之前，劉以鬯已發表《酒徒》《對倒》《寺內》《蛇》《蜘蛛精》《鏈》《盤古與黑》《島與半島》等等一系列成功的「實驗性小說」，得到研究者們的高度評價。要是某些人，或為盛名所累，早躺在「成功沙發椅」上洋洋自得或高枕無憂或江郎才盡了。劉以鬯不然，繼續努力，更上一層樓，不斷有新作，不斷顯示出其旺盛的生命力和創造力，令人嘆為觀止！

《黑色裏的白色 白色裏的黑色》確是一篇文學傑作，值得讀者好好欣賞。

2

《黑色裏的白色 白色裏的黑色》借助了現代的製版和印刷技巧來開展小說情節並完成小說目的。這麼說恐怕沒有讀過該篇作品的人仍會感到費解。那麼不妨說得清楚明白一點吧。

小說共由二十五個「部分」組成。其中十三部分（塊），是黑塊，字呈反白，另十二部分（塊），和普通小說一樣，白紙黑字。最後的兩塊，由白塊和黑塊相隔。整個布局，呈現一黑一白的相隔和並排。也許有人認為，這還不簡單嗎？有甚麼好評賞的？

妙就妙在這種「簡單」、這種「黑白分明」，體現許多意義：社會的、人性的、美學的、文學的（以下會詳加分析），給讀者提供了頗為廣闊的思索空間。簡要地用比喻吧，該篇小說真像兩組用以製版、印刷的「菲林」：一組是透明而字粒為黑色的「陽片」，一組是黑色而字粒透明的「陰片」，給人不同的視角感受。感受不同除了「色彩」有異之外，最重要的當然是文字透露出的訊息，呈正反、善惡兩面性。

縱觀當今世界文壇，文學流派紛呈。香港又何嘗不是如此？寫實派、現代派兩大派，雖不致於壁壘分明、你死我活，但互相不賣賬的言論我們亦聽得多矣。現代派或對寫實派輕視歧視，認為他們照搬生活、技巧傳統、了無新意；寫實派或埋怨現代派過分自我、高深莫測，寫得莫名其妙，令人費解。而這兩大流派同樣被稱為「嚴肅文學」，同樣處在消費文學的汪洋大海中，同樣遭到一些人的冷嘲熱諷。

在香港，只有少數人能夠將「寫實」和「現代」結合得很好且得到公認，劉以鬯先生是其中之一。劉以鬯寫過不少現代派味道十足的小說，但他的現實主義文學根基是極其雄厚的。這是他和一些「現代派」的最大不同之處。他的《陶瓷》是寫實的，《對倒》是寫實的，《島與半島》也是寫實的。但他的寫實並非傳統的那類，而是現代的。他走出了一條屬於自己的「現代現實主義」的路子，不是全盤現代派。縱然他的意識流小說《酒徒》，寫人物意識流動，內容看得出來，也是經過精心選擇和細密組織的，藉酒徒的酒後醉語反映主人翁對人生和文學的見解，和那類無程序、無時序的、雜亂的意識流動不同。《對倒》在結構上是新穎的，但就內容而言，也是言之有物的。《島與半島》完全摒棄現實主義塑造典型人物的任務和選擇典型事件的「理論」，只以平凡人物入文，串起重大社會事件。這就是為甚麼，劉以鬯能為兩個大流派和更多讀者接受的原因。他從不走一個極端。他有着一般寫實派所欠缺的在形式上突破傳統形式的構想，又具有一般現代派所不重視的現實生活的經驗和基礎，沒有他們本末倒置的弊病。至少在香港是如此。尤其可貴的是，許多老作家七十歲之後，不是封筆就是再也沒有好作品面市，劉以鬯不然。一輩子為文學作品的創新而努力，老驥伏櫪，壯心未已，顯示了堅韌、活潑的、朝氣勃勃的生命力和創造力。他的努力沒有白費，終於闖出一條至少在香港半個多世紀以來沒人能企及的現代現實主義路子來。

《黑色裏的白色　白色裏的黑色》就是他一生所追求、創造的現代現實主義的重要收穫。

3

我們說一篇小說——一篇作家精心創作的小說，一篇常被作者自稱「娛己」的小說——應該具備其內涵和外延。這是嚴肅文學和消費文學的最大不同之處。消費文學充滿了娛樂性和消閒性，以其引人的情節吸引讀者，往往看過即棄。嚴肅文學則追求思想內容、人生和社會意義的深度（內涵），小說所產生的影響以及在創作方面所提供的借鑑意義（外延）。手法的多變未必純賴較低層次讀者的閱讀習慣，因為嚴肅文學對讀者是有所選擇的。「娛己」者大都是一些有文學理想追求的作家。一部文學史所記載、所得到高度評價的首先是這些作家所創造的文學精品。

《黑色裏的白色 白色裏的黑色》在形式上就給人以多方面啟迪，不可忽視。

首先是社會方面的：黑白兩種色素，是任何社會所組成的主要、重要色彩，象徵着社會的光明面和陰暗面，它是並列存在的客觀事實，有時摻雜在一起，未必那麼容易分辨得清楚。從劉以鬯寫的《黑色裏的白色 白色裏的黑色》一黑一白、一白一黑長方塊的相間隔組合，我們就不難體會到他的用心良苦：一個社會決沒有絕對的清純和完美，也沒有絕對的醜惡和黑暗，哪怕在同一天，社會的「個性」也無不由這象徵光明黑暗的黑白二色所組成。這種「外延」遠遠超越了國家統治者們所標榜的「主義」和所遵行的「制度」，否定了只允歌功頌德和一味暴露批判兩種極端。劉以鬯兩者都寫，並將社會黑白「事件」串在一日內發生，令你不易察覺地將社會的傷疤和寶貝一一很自然地端示，深刻地體現他對任何社會都是「黑白二重性」的社會觀。這比諸流行半個世紀，許多中國文人深受其毒、其害的「敵人的黑暗面我們必須揭露之，人民的光明面我們必須歌頌之」的簡單粗暴的機械「二分法」，顯然更準確更完整，因此也更接近真理。

其次是人性方面的：黑白兩種顏色，也是構成人性的兩大顏色，象徵着人性的善和惡。人之初，性本善，然在社會混跡久了，也會沾染上惡，大部分人的「人性」都摻雜着善惡兩大元素，只因比重不同，分別呈現善惡兩大傾向，於是「好人」「壞人」就簡單地被劃分了。其實，現實生活中的人性遠不會是善惡「二分法」那麼簡單的，大部分是「不好亦不壞」的中間芸芸眾生，大善大惡始終只是少數。而好人因「一念之差」一失足成千古恨，壞人也有對幼弱老殘不忍下手的「人情味」，善惡就是如此同存於同一個軀體的，更同存於一個社會一個城市。既然如此，文學作品就不能總是大善大惡或純善純惡。不但應該寫邊緣人物，還應該寫大量中間人物。在小說中，我們看到，劉以鬯通過很多瑣碎的細節，描寫了人性中的善和惡。既有大惡，也有小惡；既有大善，也有小善。惡中有善，善中也有惡。一部

「人性」史的大書就是人性之善和人性之惡雜交的歷史。文學作品的人物的人性，也呈黑白二色，唯孰為主色而已。《黑色裏的白色 白色裏的黑色》這題目的擬就，早意味着作者對複雜人性的深刻理解和燭明洞察；小說內容，也實踐着這種人性觀。何以我們對一些為政治人物（特別是華人部分）樹碑立傳的傳記文學在如飢如渴之餘又半信半疑，在得到一點滿足之餘又感到大大失望，正因為作者基於各類客觀和主觀方面的原因，寫了人物的「大善」，連他的「小惡」也不願、不能、不敢涉及。佛無金赤，世無完人。將「人」寫成「完人」，真實度怎能不打折扣？《黑色裏的白色 白色裏的黑色》令人讀來「如實」，正因為作者對人性黑白雙重性的把握。

第三是美學方面的：黑白兩種色彩，雖是繪畫、美術作品的兩種基本色澤，本身其實沒有固定的含義，其代表、象徵意義是後人附加的。正如「黑」——黑眼珠可以很美；「白」——白雪可以很純，但用以喪禮，穿黑或白（華人觀念）衣服都算對死者的尊敬和悼意。在小說中，劉以鬯的觀念則是華人式的，白是天使，黑是魔鬼，白是集真善美於一身，黑是集假惡醜為一體。以這兩大色彩為度，構成作者哲學和美學的審美意識。我以為這也是值得一提，請勿以為道理簡單而忽視。眼觀當今天下，消費的、媚俗的、流行的、粗製濫造的東西，無不因作者的價值觀而體現許許多多荼毒人心的不良意識。諸如：渲染凶殺、性泛濫、變態、畸戀、暴力、奇情、三級低級趣味……作者借口「讀者需要」而大量炮製，不要說作者連起碼的道德良心也被狗咬去了，恐怕連文學作品的根本——要具備一定的審美意識，也付之闕如。那算是甚麼文學呢？難怪有人讀之即棄，被稱為垃圾文學實也不為過。劉以鬯這篇小說就體現了他對世間萬物的審美意識，啟示我們：固不必在小說內跳出來，大聲疾呼，大力表態，做甚麼道德仲裁，說甚麼教訓，但作家要有是非觀、要有審美意識和能力。他不必將這些通過言語表達，他除了用內容細節，還借重了形式：黑色、白色以及交合後的顏色。

這種審美手段，屬於他的創造。

第四是文學創作方面的：至《黑色裏的白色　白色裏的黑色》為止，劉以鬯的「實驗小說」差不多都十分成功，也逐漸形成自己的特點。他的「現代現實主義」對於傳統的現實主義做了積極的改造，大部分屬於形式、結構、人物、語言、情節等方面的，並不一味對現實主義做絕對排斥。在語言上，他講究簡潔有力、明晰清楚，而從不運用晦澀難懂以及西化的語言。他的目的，是想讓讀者瞭解他的小說企圖。《黑色裏的白色　白色裏的黑色》的內容，是一般讀者都可以看得明白的。現代「圖象」詩企圖借助圖象（文字排列成圖象）造成新意，看來是死胡同一條，同樣，將小說改造得不倫不類，將小說中「小說」的一些基本元素摒棄使其面目全非，亦非良策。我們不妨肯定，《黑色裏的白色　白色裏的黑色》即使不用黑色將小說隔開，全文依然是一篇很好的小說；而一旦加了黑色，全文頓然更明晰起來，產生了諸如上述的社會的、人性的、美學的、創作的等多方意義。我們說小說精采，指的就是這些。

4

接下來，我們試一試通過小說的具體內容，看一看作者是怎樣展開他的小說的；怎樣以許許多多的細節，來表現小說的思想主題的。

《黑色裏的白色　白色裏的黑色》敘述角度採用第三人稱，也即全知觀點。以主人公麥祥到上環郵局寄發閉局封寫起，以他出外一天所見所聞為線，反映香港社會的雙重性：善與惡並存，美與醜對立，像白與黑那麼分明。

先說黑色部分：十三塊「陰片」中十二塊是有文字的，末尾一塊沒有文字。有文字的十二塊基本上寫的是香港社會的陰暗面，牽涉面很廣。既有主人公麥祥親眼目睹、親身經歷的，也有通過報紙、新聞廣播、作者全知觀點提供的。因此，既有按時間順序的縱切面，也有不大照時間的橫切面（比如麥祥讀報，所讀的消息是「過去時」的）。十二塊「陰片」如按次序，其敘述內容大致是：①偷渡；②騙財騙色「銀雞」案；③打劫（地點：地鐵站附近）；④車廂眾生相；⑤書店內消費讀物、文字商品泛濫成災情形；⑥快餐店人們在大談警方犂庭掃穴行動；⑦東區馬路上小孩街旁排尿等的不文雅風景；⑧報上「錦田槍戰兩匪死亡」的驚人大新聞；⑨電視對錦田警匪槍戰的報導；⑩餐廳職員將營業額存夜庫時被劫；⑪國際商業信貸銀行倒閉後電視對存戶的訪問；⑫高空擲物擊中一男子的人命案。

再來看看十二塊「陽片」，除末尾一塊空白之外，其餘十一塊亦是有文字的（省去了框線）。這一部分比較黑色部分，基本上是順時序的，即主要是按主人公麥祥一天行程的耳目睹展開，當然這其中也寫到了他的感受和聯想。其內容主要是：①敘述麥祥這一天出外的原因是為了寄發閉局封；②六叔陪子女參加「輕便兒童繪畫比賽」；③麥祥捐了二十元給內地災胞；④上環郵局的變遷；⑤老陳抱隻狗交獸醫；⑥麥祥到西灣河文娛中心聽音樂，以及寫他對城市新舊事物的感覺和看法；⑦麥祥對音樂會的欣賞和感受；⑧麥祥回家後，全家人在看電視直播的「演藝界總動員忘我大匯演」，父母的熱心，以及捐了三千元；⑨描寫電視上「忘我大匯演」的具體節目；⑩續上；⑪母親告訴麥祥她要捐款，將錢交兒子。

陰片和陽片間隔排列：即陰片處於全文單數位置，偶數則全是陽片。如果不分陰片陽片，小說仍能一氣呵成，絲毫不留痕跡；一旦被作者「人為」地以黑白二色隔開，讀者的閱讀感覺就全然不同了：原來陰暗與光明，假惡醜與真善美不但並存於同一個社會，同一個城市，而且同存於一天二十四小時中。那麼是否同存於一個人身上呢？為了有力說明這一點，我們不妨舉出全文第九段（黑塊部分），即前述黑色部分第⑤「書店內消費讀物、文字商品泛濫成災情形」，我們該怎樣看待和評價店主——肥婆這個人物呢？

這一黑塊所呈現的事實是：如今的書店「擺着太多的文字商品」，作者借麥祥——「產生了思想受污染的感覺」，對於文字商品表示了厭惡的情緒和否定的態度；又藉楊絳的《倒影集》打六折，反映了嚴肅文學生存不易的狀況。但對開這一書店的肥婆的描寫，異常特別：「肥婆很和善，不是那種見到買書顧客會露阿諛笑容的店主；也不是那種見到只看不買的顧客會報以白眼的售貨員」。總之，肥婆並不勢利。作者沒有說明她是店老闆，這並不重要；無論是店主抑或售貨員，她都要為了生存而出賣自己的時間和精力。她待人友善，對文學書的處境有很多感慨，但事實是她在賣很多文字商品——對她的看法也就不能黑是黑、白是白那麼單純了。我們的社會不正是存在着這樣一大批芸芸眾生麼？

我們從人物、細節呈現的涵義，可以加深對作者將小說定名為《黑色裏的白色 白色裏的黑色》的理解。

5

在我們瞭解《黑色裏的白色　白色裏的黑色》的內容之後，我們順便來看一看劉以鬯是一位怎樣的作家？

歷來評論家評論作品，是將「作品」和「作者」嚴格分開的；但作品既是作家的產物，不可能不牽涉到「人」。因此，「讀文又讀人」，從文學作品看作家的人生觀、世界觀以及創作傾向，也成為研究者、評論家的研究範疇。中國現代文學史曾將五四以來的中國作家分為兩大類型，關心政治世事型和不關心政治世事型，以此評定作家文學成就，更以他是否符合某一統治者、統治集團的利益為標準，這是相當片面的，造成不少惡果，使一批文學上頗有成就的作家在文學史上所佔篇幅極少，甚至消失無蹤。其實政治是一回事，世事又是另一回事，政治態度只能供參考，尤其是統治集團的政治未必可以代表廣大民眾利益的時候；但關心世事，關心人生，卻應是作家的本分。

劉以鬯所走的現代現實主義道路，以不斷突破傳統現實主義困境，不斷創新給人以一種十分講究創作形式的深刻印象，但他是和純粹的文學形式主義者完全不同的。純粹的文學形式主義，發展到極致變成了純粹的文字遊戲，是一條值得警惕的死胡同。

劉以鬯生活在香港這樣的社會超過半個世紀，縱然講究文學形式和技巧，不斷對小說進行大膽的實驗，小說內容卻始終貼近民生的，大量小說生動的內容表明了他對社會生活的密切、動人的關注。只要做到這一點，作家就有了憂患意識；唯其有憂患意識，作品才能有其文學價值和社會價值，才能經得起時間的考驗，歷久不衰。《酒徒》表現了他對純文學現狀和前景的憂患意識；《島與半島》表現了他對七十年代初期香港在經濟惡浪沖擊之下居民不安生活的憂患意識。到了《黑色裏的白色 白色裏的黑色》，不但對社會黑暗面表現了他的厭惡、憎恨，同時也表現了他對社會真、善、美一面的肯定和讚美，態度是「黑白分明」的。這就是作家可貴的正義力量、正義人格，來源於對世事的憂患意識。我們可不要以為「使命感」是甚麼了不起的、帶着「政治」色彩的東西，使命感其實是作家的根本，只不過有人表現強烈一些，有人表現不那麼明顯罷了。沒有使命感的作家，庶幾沒有脊樑骨，沒有靈魂。劉以鬯在超過七十歲之後，推出他的《島與半島》、《黑色裏的白色 白色裏的黑色》，比諸他以前的一些小說，更充分表現了他的作家使命感、社會責任和人生憂患意識。

我們評價他為：具有現代精湛藝術技巧的、出色的為人生的作家，當不為過。

因為，沒有藝術技巧，沒有創新意識，就沒有劉以鬯，造就不成劉以鬯。

他常常謙稱自己的作品只是「娛己」，不會有多少讀者。其實，據我所知，他在文學上的努力，影響了半個世紀的香港文壇。不但文壇上知道他，教育界也有很多人知道他；他每一部新作面市，都會在中國大陸以及海外華文文壇引起不小震動；在香港引起反響。何況，我們的目光宜放遠，一時的冷落並不意味着為作品的命運作了判決；作品的生命力時間愈久愈可看出來，端看作品本身的文學價值和藝術價值。

何況，一九九四年六月，當《黑色裏的白色　白色裏的黑色》和其他九篇中短篇一起結集成單行本出版之後，便被香港最大書店之一商務印書館銅鑼灣門市作為「推薦書目」，為大中學生漫長的暑假生活提供了閱讀的選擇。

《黑色裏的白色　白色裏的黑色》以六千餘字，藝術地寫香港社會，確是傑作。

向讀者推薦，確不失為富有膽識。

我們來欣賞該書的藝術吧，作家怎樣利用技巧排列、組合他的兩組黑白菲林！

6

《黑色裏的白色　白色裏的黑色》從表現手法、結構、人物、細節等各方面都體現作家的苦心經營和創造機心。

先論結構。

在《黑色裏的白色　白色裏的黑色》之前，劉以鬯寫過《對倒》（有縮節版和全文本，後者由中國文聯於一九九四年出版）。《對倒》採用「雙重平行結構」，以一位中年男子和一位少女——他們的出身背景完全不同——的生活同時展開，結構上亦是交叉進行，反映了不同時代不同人的人生價值觀，在相異中又有相同之處。魯迅的《藥》很有名，結構也類似，但《對倒》從篇幅、長度、規模都超過了《藥》。《黑色裏的白色　白色裏的黑色》如從表面上看也類似，但從內容本質仔細分析，卻完全不同。本篇主要人物只是麥祥一個人，跟《對倒》事件在兩個人物身上發生、展開不同，它只是寫麥祥從早到晚的一天內的經歷和見聞。一個人在一天的經驗、經歷自然十分有限。如果是生活中的真人，他一天只躲在牀上睡懶覺，壓根兒甚麼也不會發生。因此，作家的選擇、剪裁便顯得很關鍵了。他必須有個妥善的安排，將許多比較典型的、有代表意義的事件集中在同一天來寫。這或許還會有困難，因為實際上，事件、新聞每天都會有的，但未必精采未必重要。要將小說寫得沒有水分，唯有借助其他手段，如電視廣播、報紙新聞、第三者的議論等。劉以鬯寫偷渡、騙財騙色案、錦田槍戰、演藝界總動員忘我大匯演等，借助了傳播媒介，巧妙引入，試做以下的歸類：

蛇船偷渡——放在小說開頭，作為小說的景物描寫的一部分，也作為麥祥一天之始的交代，當然，也屬於「黑菲林」；

騙財騙色案——麥祥吃早餐時閱報得知；

警方犂庭掃穴——麥祥在快餐店午餐時聽到旁人議論；

錦田槍戰兩匪死亡——麥祥買晚報邊走邊讀時獲知的；並在回家後再聽亞視新聞報告時更進一步瞭解詳細；

槍劫銀行糧款——老同學司徒誠打電話告訴麥祥；

國商倒閉存戶倒霉——麥祥是通過「新聞透視」瞭解的；

忘我大匯演——看電視直播；

高空擲物造成命案——作為結尾，作者用全知觀點直接寫出來。

除此之外，其餘就幾乎都是主人公麥祥的親歷了，他既是「目擊者」，更是部分「參予者」：

地鐵附近的搶劫案——在麥祥身邊發生；

車廂內眾生相（包括漫畫大行其道、青年男子陰陽怪氣的打扮、老太婆被撞倒等）——通過麥祥的眼睛。

文字商品大泛濫——麥祥進書店買書時看到的。其中書名的詳列達十九種，字數不到兩百字，「現身說法」，遠勝抽象的說明。

文化藝術在香港——以麥祥到西灣河文娛中心聽音樂作了描寫和發揮；
全家人參予賑災——與電視直播結合起來寫；
閱讀楊絳《倒影集》——主人公本身。
……

從以上分析，我們不難看出作者採取了多種方法，通過多種渠道，將許多好事壞事，把城市的「美醜」集中在一天來寫，煞費苦心。其目的即是「黑白比照」，與《對倒》的矛盾統一律、相輔相成完全不同，它得到的是黑中有白、白中有黑，黑白交雜而排斥的效果。小說末尾一白一黑方塊沒有文字，因為前面的鋪陳而令人讀之韻味無窮，也呈現了意義：在我們的社會、城市善惡並存、美醜交雜是黑白分明的，並永無窮盡的一日。我們完全可以將以主人公麥祥目擊並參予的這一條按時序發生的「線」，作為小說發展的「縱線」；把通過第三者、借助其他媒體、未必按時序發生的這些內容，作為小說重要輔助的「橫面」，將小說的特殊結構稱為「縱橫交叉結構」（本人杜撰的名詞），黑色方塊使這種結構趨向完美化。

「一天」而已，正是現代作家給自己造成的時空難度。現代派文學作品往往將小說發生的時間縮短，有的僅是幾小時、一小時甚至更短，在有限的小說時間內納入無限的內容。這種小說時間實則為心理時間，特徵是事件不按時間順序排列展開，而按小說人物的思想意識流動，開拓了比現實主義文學「時間法」更廣寬的天地。著名如美國的現代派作家沃爾夫所著的《牆上的斑點》，以眼睛焦點集中在牆上的斑點始，並由此展開無限的聯想，聯想中容納了十分豐富的生活內容。這正是現代派小說的重要特徵之一。作家既用此種時間限制來挑戰自己，避免程式化和公式化，又可將小說寫得緊湊，顯示出一種文字密度，將人物性格在心理時間中表現得淋漓盡致。《黑色裏的白色 白色裏的黑色》僅寫麥祥的「一天」，用極短的時間反映（再現）一個城市、一個社會的美醜雙重面目，貌似平常，其實難度極大，用的正是現代文學手法。不同的是一天內基本按所見事物次序來寫（線），又叉開去寫（面），結合得既天衣無縫又油水分明（黑白分明）。除了全知觀點之外，小說又藉人物的耳、眼、心去感受和聯想，表明作者的愛憎、讚美和批判。如從牽涉的方面看，《黑……》比《酒徒》所涉及的面更寬更廣；《酒徒》重點在對「文學」的省思，《黑……》涉及到社會治安、社會道德（公德心）、電影圈、媚俗文化、經濟、文學藝術等等城市各光明面和黑暗隱蔽角落。

再論人物。

小說主人公是有個性的。雖不像《酒徒》中的主角那樣憤世疾俗、形象飽滿，但比起《島與半島》中的主角大致上在生活線上掙扎，更有性格，代表的是社會的良心。麥祥的一家雖是「普通一家」，但卻是最具人性「良心」的一家之一。麥祥本人，正直、關心世事、熱愛文學藝術、富有同情心。作者正面塑造他，表示一種肯定態度。我們不禁聯想到作者劉以鬯先生大半輩子其作其人、其為人處世，都無不在麥祥身上投射了自己的影子；我們也不禁聯想到劉以鬯對事對人的取捨評價，泰半也可在麥祥身上找到相似之處，從而得到感悟。似乎僅僅兩點就可以印證：麥祥喜歡集郵，劉以鬯亦是；麥祥喜歡閱讀文學作品，劉以鬯亦是。麥祥所鄙視、厭惡的一切，也正是劉以鬯所鄙視厭惡的。文中有一段寫麥祥去西灣河出席音樂會，因時間還早，「懷着逸適的心情順着兩旁盡是高樓大廈的街道漫步」，頗為耐人尋味。麥祥對新舊事物的態度，是很客觀的、充滿了哲理的，並不絕對化，以下是幾行十分重要的字句：

他喜歡新事物，卻不會主張廢棄古老的電車。……

……走入置地廣場後，縱然甚麼東西也不買，這個商場的現代感也使他產生了處身於新環境的滿足與喜悅……聯想到香港總是在建設中求取改進價值的事實。

香港街道總有許多動和靜的東西值得欣賞，特別是正在拆卸的舊樓和正在興建的新樓。

這兒，可以有力找到劉以鬯為甚麼在文學上既肯定現實主義合理部分，又追求現代主義創新技巧的「注釋」。說的是城市，其實道的也是文學。城市觀、社會觀和文學觀當然是一統的，只是被觀察的事物、對象不同。

麥祥一家參加了賑災籌款，身體力行，代表了香港普通人家的良心：麥祥先在路上捐了二十元，父親打電話捐了三千元，母親又拿了錢囑他「明天」交紅十字會或銀行。作者用了許多篇幅，不厭其煩地寫賑災，至少也反映了作家的欣賞態度吧！

三論細節。

小說中的細節，一如人服飾上的要害之處、人身體中微小然而重要的器官。要害之處有破綻，風度儀態大受損害；重要器官有毛病，健康，生命就遭威脅。這裏僅舉幾個例子，說明細節怎樣變成小說的有機部分，以增加小說的主題的表達力。

地鐵車廂內的眾生相，作者寫了五個人，每個人僅是用寥寥一兩筆帶過。但這些人物的設置都很有代表性，反映了漫畫、電子遊戲機、消閒讀物、西方生活方式對香港社會的影響。

街頭「風景」：作者寫了兩對母子（女）和一個老頭子。他們為小孩排尿或吐痰在人行道上，已經習以為常。

老陳將一隻受傷瘦狗抱進計程車，送到香港愛護動物協會去。這和地鐵站內，那個高大壯實的男子將老太婆撞倒而不顧，形成鮮明的對照。

……真實的細節，造成文學藝術的真實度，增加閱讀的效果和感染力。

7

最後談一談《黑色裏的白色　白色裏的黑色》的語言。

一篇形式新穎、主題深刻的小說，必然同時也是講究語言文字的。劉以鬯一系列實驗性小說，從來都是運用了簡潔、明晰、清楚的語言，漸漸形成了自己的風格。他本人就曾說過，不喜歡用晦澀難懂的語言去偽裝高深，而主張用明晰清楚的語言，使讀者瞭解他該篇小說的意圖。這種出發點無疑是對的。這種「考慮」讀者的態度，使他的小說好讀。無論是充滿詩意的文字，還是富有意象魅力的文字，劉以鬯的語言，素來簡練樸實，造成一種樸素美。簡練，和作者人生閱歷豐富、洞明世事有關。

以下句子頗能體現劉氏的語言特色：

①夢想如黑布般綁住眼睛，使他們將一片黑色當作美景。

②為了金錢，她們給自己簽發通行證。跳過錯誤的高欄，進入別人設的圈套，還以為是仙境。

③忽然見到楊絳的《倒影集》與師陀的《惡夢集》，彷佛在垃圾堆裏找到有價值的東西，略帶急躁地伸出手去……

④耳朵變成舌頭，使他嚐到了感情的甜味。

⑤麥祥的感情頓時像爐火上的滾水般噴湧……

⑥黑夜為柴灣村披上黑色的大衣，但是十四座的露天食肆依舊燈火通明，彷佛黑色大衣上別着一枚鑽石飾針似的，閃閃發亮。

中國著名作家孫犁在《文藝學習》（《孫犁文集》第四集）中談到甚麼是較好的文學語言時說：「根據我們的最有功績的文學老師的說法，有如下性質的語言是文學上的語言：（一）明確，（二）樸素，（三）簡潔，（四）浮雕，（五）音樂性，（六）和現實生活有緊密聯繫。」以此看劉以鬯的語言，正具備了這幾種性質。唯簡潔，才能有力。從我們列舉的幾段文字，似乎還可讀出劉氏文字的這麼一些特色：他盡量以淺白然而感性的文字，化抽象為具體，使讀者讀來韻味十足：

①形容不實際的幻想，均用了實物做比，如：黑布、眼睛；②為金錢而不擇手段，用了通行證、高欄；③比喻見到好書的感覺，具體；④⑤⑥寫感覺、感情、黑暗，用了很普通的事物去比喻，使讀者容易產生共鳴。

劉以鬯的文字，甚少形容詞，割除了浮言贅詞，厭惡囉嗦。儘管技巧很現代，語言卻絲毫沒有西化傾向。他的語言力求規範和純粹。這也為寫小說的朋友提供了一條寶貴經驗：小說創作的創新，和語言的西化是完全兩碼事，現代現實主義的形式技巧可以在很大程度上吸收西方現代流派各種主義的優勢，但文字應該盡得漢語的精髓和神韻。《黑色裏的白色　白色裏的黑色》的成功，也在於它出諸於一位華文文學作家之手，是一部用純粹的、優美的、民族的華人母語寫出的作品。

傑出的小說，可談之處很多。有時篇幅不長，評論、欣賞它的文字數倍於原作，這很正常。本文用了近倍的篇幅賞析評論《黑色裏的白色　白色裏的黑色》，理由在此。

一九九四年八月

（原載《我看香港文學》獲益一九九五年五月版）

獨創色彩強烈的黑白小說

——談劉以鬯《黑色裏的白色　白色裏的黑色》

●東瑞

喜歡閱讀劉以鬯前輩的小說，遠非今日始。閱讀劉以鬯，感覺非常愉快，淺白明易的文字傳遞深刻的意涵，從不以晦澀難懂來偽裝高深；喜歡劉以鬯的小說，每一篇都不同，像在欣賞一件件晶瑩精致的藝術品，摩挲良久，教人愛不釋手。不過，我只是作為一位文學愛好者來閱讀，在文學書出版生態日益艱難的情況下，作為出版社總編輯，我缺乏足夠的勇氣出版劉以鬯的一系列作品，如果不是獲益負責人、董事長蔡瑞芬的慧眼卓識，不斷「催生」劉老的書，不是劉夫人的大力協助，不斷挖掘和整理出劉先生許多文學珍品，香港的純文學和學界，可能會更寂寞一些。經過二十年的共同努力，劉氏不少代表作，從只有小眾讀者變為廣為人知，終於成為獲益的重要品牌之一。當然，無須多言，出版社配合固然重要，作品本身，也非具有重大的文學價值不可，這也即是劉氏小說的魅力所在。

劉以鬯小說的價值，不在於他為病態的社會和人性無法遏止的慾望提供了甚麼靈丹妙藥，或高超的解決方法，而是他將我們這個社會病入膏肓的狀況看得很透，傷疤挖掘得很深，手法更高明地將人類的各種慾望尖銳無情地客觀呈現；劉以鬯小說的價值，將「為人生」和「為藝術」的作家使命結合得天衣無縫，在讓讀者獲得小說高超藝術技巧的薰陶和分享的同時，對他小說發生的背景、特定年代的社會特徵有着更感性、更形象、更生動的了解。《酒徒》《對倒》《模型•郵票•陶瓷》《島與半島》是如此，這一本《黑色裏的白色白色裏的黑色》裏的十篇短篇中篇也是如此。如果我們重讀他的一些創作談，如《「娛樂他人」和「娛樂自己」》《我寫過一些不是詩的詩》，就會發現他對小說的表達方式的追求是不遺餘力的。他說：「我試圖將現代主義與現實主義結合在一起」、「我覺得寫小說應該走自己的路，盡可能與眾不同，使作品具有獨創性」。劉以鬯小說值得重視，如果從中國新文學出現的時代算起，劉以鬯小說作為百年來的中文小說長廊中獨特的一部分，那是當之無愧的，而每個作家都有其獨創性，不必做任何比較。

劉以鬯出任何一本書，都追求「新」和「異」。例如《郵票•模型•陶瓷》將與這三種也屬他的嗜好的題材的小說收集在一起；《不是詩的詩》內的作品也是如此，書內文體有評論、文學批評、散文、獨幕劇、微型小說、短篇小說和中篇小說，貌似混雜，其實也頗為和諧，這和諧就是無論那一種題材，文字都很有詩意，全書就用充滿詩意的文字統一起來。本書的奧妙精采之處就在於所收十篇，全都與「黑白」有關。不但體現在十篇的篇名上，還與小說內容有絕大關係。例如，《黑妹》的「黑」是指膚色，寫的是如假包換的黑人女兒的故事；《穿黑襯衣的白種人》的「黑」是指衣服顏色；《白得像雪黑得像墨》前指膚色，後指美髮，以一種女性外觀的尖銳對比反襯出女性之美；《黑痣》中的「黑痣」只是一種「道具」，也成為謀生而不能不用的象徵物；《白飯黑飯》的「黑」指鴉片等毒品；《黑是罪惡的保護色》的「黑」指夜晚；《盤古與黑》的「黑」指的是黑暗，其他幾篇題目中的「黑」或「白」有的是形容詞，有的整體就是一個象徵物。全書中最引起轟動的是發表於一九九一年《香港文學》的《黑色裏的白色　白色裏的黑色》，小說以白底黑字和黑底反白字相間的形式寫成，顛覆了小說創作的守舊傳統，一時間掀起了文壇評論的大熱潮。儘管劉先生說：「我寫這幾篇小說的動機，並非因為色彩是現代主義的基本特徵，而是基於我們中國人的一句老話：黑白分明。」收在本書裏的十篇小說，既有黑白分明的，也有黑白交融的，呈現了劉以鬯小說內容的複雜豐富和形式的炫目變化。

十篇小說，背景不同，年代有別，人物職業身份並不單一，但基本上都是圍繞着小人物追逐着大大小小的慾望而展開。人類中那種原始的、與生俱來的、隨着得到滿足而愈來愈填不滿的慾望，成為本書十篇小說的母題。不知是偶然的巧合抑或作者在編書時有意的安排，慾望，像是一隻看不見的巨獸，隱藏在書中人物的心靈深處。那怕人物身份職業不同。十篇中的人物有鴉片鬼（吸毒者）、吧女、高利貸者、遊客、歌星、情竇初開的少女、洗衣婦、經理的二奶、受人歧視、性格扭曲的私生女等等，三教九流、販夫走卒無所不有。其中最有代表性的是在《黑色裏的白色　白色裏的黑色》中的主角——正直、關心世事、熱愛文學藝術、富有同情心的麥祥以及《白飯黑飯》內毒癮入骨、六親不認、為吸毒逼妻女為娼、逼兒子盜竊、害得家破人亡的無可救藥的社會渣滓戴老六。他們形成了善與惡、正與邪的鮮明兩極。我們說的「慾望巨獸」正吞噬着一些人的人性良知，可以說以戴老六為代表。《白飯黑飯》的寫實功力很強，正是劉以鬯「不完全拒絕傳統」的明證，也是全書中刻畫塑造人物最為深刻、成功的範本。其他小說中，還有為追求美滿愛情、將一個瑞典遊客亞道佛作為假想的未來對象的女服務員朱蝶（《穿黑襯衣的白種人》），希望能有個理想歸宿、然而家境巨變、遇人不淑的「女酒徒」（《喝了幾杯白酒》），兩顆寂寞的心在旅途中相伴、互相傾慕、內心有好感卻始終未敢啟齒的孤男寡女司徒松年和沙兩儀（《白得像雪黑得像墨》），在生活線上掙扎求存，企圖在賭場和歌壇上得意的歌女和因失戀而失落的「她」以及她們互取所需的纏綿（《黑痣》），不甘心命運安排、一生下來就不知道父親是誰、因黑色膚色而受嚴重歧視、以固執的個性希翼改變命運的黑妹（《黑妹》），用錢買肉體慾望的經理小老婆和意志薄弱、受誘惑的小白臉（《黑是罪惡的保護色》），為滿足吸毒慾望、進入醉生夢死境界而不惜以家破人亡為代價的戴老六（《白飯黑飯》），為逃出牢籠、反抗被出賣、追求生命自由的少女（《白鴿》），為開天闢地、驅散黑暗而努力奮鬥的盤古（《盤古與黑》），騙財騙色、搶劫、高空扔物、銀行倒閉……甚麼都可能發生的社會及其眾生相（《黑色裏的白色 白色裏的黑色》）幾乎在每一篇，我們感覺到劉以鬯小說中的人物，都在奔逐、追求、掙扎……他們或者為了愛情、婚姻、情色，或者為了生存、自由、娛樂、金錢、女人；慾望有強烈的、微小的，也有正常的、邪惡的，在劉以鬯小說內，無處不在，無時無刻地影響着作品中的人物，也叫讀者讀之感動、感觸、感慨和感嘆！當然，食色性也，飲食男女有着各種正常的慾望，包括生存的、肉體的、精神的，也無可非議；慾望會產生變體，化為反常的、邪惡的、變態的。本書十篇，作者，用筆如刀，解剖這社會病體，挖掘隱藏的毒瘤，讓你看到了不易看到的一面。這正是劉氏小說的寶貴價值。

其次，本書十篇小說，時空跨越三十幾年，從五十年代到九十年代的香港社會，都成了不同小說的背景，對於認知不同年代的社會和民生，其價值也不可忽視。小說背景，除了香港，還有澳門、吉隆坡、檳城、太平、曼谷等地。當然，最多的還是香港。在《黑痣》中我們看到了真實的香港，與西方某些作家的虛構塗鴉當然不同。請讀：「走出飛機場，高樓大廈與瓦頂的石屋共存。依舊沒有人力車。依舊沒有穿開叉旗袍的女人。有些失望。那是一輛旅遊車，像電影院一樣舒服。透過藍色的玻璃，見到太多的霓虹燈。……」「旅遊車停在酒店門前。兩盞宮燈所表現的中國氣息缺乏真實感。」「夜香港像是一個濃妝豔抹的女人。維多利亞城的萬家燈火。」這是七十年代的香港。六十年代的「煙寨」又是怎樣的？劉以鬯為寫《白飯黑飯》，做了一番調查研究，請讀：「香港的煙寨，多數是『兩燈一槍制』，兩個道友合睡一榻，合用一槍。換一句話說，如果兩個道友要過癮，就得一個吸，一個燒，等到一個吸完一筒，將煙槍交與另一個，那另一個將燒熟的煙泡裝在煙筒上；而這一個又開始用槍簽筒煙。」逼真具體的描寫和敘述，有力地加強了小說的真實性。只要慢慢將劉氏小說至少讀兩遍，就會發現他關注社會的高強能力，令人欽佩。到了寫《黑色裏的白色　白色裏的黑色》的一九九一年，劉以鬯把對世情、社會的關注發展到一個極致，以黑白兩種色調寫下社會一系列眾生相，也為人性的多面、文化的滄桑等方面留下了珍貴的文學篇幅。

小說是語言的藝術，小說唯有不斷創新，才擁有不死的生命力。這也是劉以鬯小說最大的價值之一。多元化的表現形式，會更有力地表達主題。在這方面，本書堪稱為學習創作小說的一個範本。一是視角的變換。本書用齊三種敘述觀點，大部分為第三人稱（全知觀點），也有用第二人稱（如《黑是罪惡的保護色》）以及第一人稱的（如《黑妹》、《喝了幾杯白酒》）二是細節的巧用。《黑痣》裏的歌女，黑痣從在左變在右最後竟然消失，蘊藏了一個重大秘密；《白得像雪黑得像墨》最後出現紙條，紙條上寫了女主角的電話號碼，寄託了一個溫暖的希望。三是情節的經營，頗下心思。不到終局，不知人物命運，讀來感覺到作者在抽絲剝繭，充滿了閱讀上的懸念和趣味。像《穿黑襯衣的白種人》《白得像雪黑得像墨》都很精采。四是各種技巧的嫻熟運用。意識流動和象徵主義結合（如《白鴿》），自白（如《喝了幾杯白酒》）、半劇本式的旅遊小說（如《白得像雪黑得像墨》），微型小說式的驚奇結局（如《穿黑襯衣的白種人》），注入詩意語言而所寫現實卻有點醜惡的《黑是罪惡的保護色》）……最「離經叛道」的是作為書名的《黑色裏的白色 白色裏的黑色》和《盤古與黑》，前者利用了黑白相間的方式，書寫善惡正邪，猶如黑白菲林給我們奇異的感覺；後者，文字很有感覺主義的色彩，一切配合和模擬着盤古衝破黑暗的艱難過程，還借助了文字的圖象化，於是故事新編、感覺、圖象構成了一篇獨創感強烈的現代小說。以上種種，都值得文壇去研究，對於今日的文學創作者，都有重要的參考價值和借鑒作用。

我深知以我的水平和履歷，為本書寫序，資格遠是不夠；本篇其實是一篇文學愛好者、劉以鬯小說的忠實「粉絲」寫的讀後感。雖然書內每一篇小說我都至少讀了兩至三遍，但十分慚愧，我交出的「答卷」也只能如現在模樣。謝謝劉以鬯夫婦給了我這樣的一次難得的學習機會。

本書出版於一九九四年五月，斷版了很久，劉先生對本書頗為偏愛，經一番修訂，改正了不少錯處，又加了本篇和附錄，蔡瑞芬讓打字公司重新打字，丘安盛女士認真校對後，再度重印，以滿足喜歡劉以鬯作品的讀者和研究者的需要。

二零一二年四月

內心獨白和客觀敘述交融

——讀《他有一把鋒利的小刀》（再版本）

●東瑞

《他有一把鋒利的小刀》是劉以鬯先生的一部文學傑作。

《他有一把鋒利的小刀》寫於一九七零至一九七一年的《明報晚報》，原名《刀與手袋》。一九九五年五月由獲益出版事業有限公司出版單行本。在出書前劉先生做了大幅度的刪節。一部寫於四十二年前、初版於十八年前的長篇小說獲得出版和再版，除非是傑作，否則在文學生態環境愈來愈差的今日，簡直是不可思議的事。再版本也可以說是修訂新版本，除了書前添加的照片，還對初版本的錯字、錯處做了認真的校正。希望喜讀和珍藏劉先生著作的讀者不要錯過。

《他有一把鋒利的小刀》儘管缺貨了很多年，市場需求甚為迫切，但我們為了認真修訂，也就沒敢匆匆忙忙重印。非常感謝公司董事總經理蔡瑞芬重印修訂新版的安排。聽聞有電影導演考慮拍成電影，我們願意樂觀其成。

小說以人物內心獨白和全知客觀敘述交織和融合的手法寫成，在劉先生「娛樂自己」的小說中有其獨特性：既與《酒徒》的通篇意識流不同，也與《對倒》的複合雙線結構有別，實在極為精彩。它以亞洪為主要人物，寫他為了有錢，「可以每天與冼彩玲在一起了。到電影院觀電影。到大餐廳進食。到夜總會跳舞。到百貨公司買東西。搭乘水翼船到澳門去賭錢。」鋌而走險，多次興起打劫之念，最後打劫成功，卻是出了命案，留下了線索，鋃鐺入獄。

《他有一把鋒利的小刀》在藝術技巧、表現形式上非常新穎，誠如劉先生說的：「在描寫亞洪內心活動時，盡量做到不介入；在敘述事件發展時，並不退出小說」（見本書《序》）前者，完全是亞洪的心理活動、內心獨白，說給自己聽；後者，用了第三人稱，用的是「全知觀點」，作者化為無所不知的「上帝」，除了描述亞洪的外觀、意圖、動作外，也生動書寫故事發生的社會和自然環境；人物那些善惡交戰的細緻、具體、瑣碎和反覆、靈魂深處的齷齪意念等等全留在括弧內的黑體字，也就是亞洪的內心流動。一個作者在每一件事發生和發展時要扮演兩種角色，何等地不容易？劉先生卻做到了。

《他有一把鋒利的小刀》那些大量的、非凡的、深刻的香港現實社會的描寫，和《對倒》一樣，來自作者對香港社會的熟悉和把握，大量生動的香港浮世繪展現在我們眼前，讓我們讀到一個六十、七十年代的香港社會。最叫人欽佩的是，十幾萬字的小說就為了「打劫」展開，因為結合了人物心理，細膩、具體、真實，感覺奇特，達到了電影難於達到的效果，情節緊湊幾乎一氣呵成，讀來緊張得幾乎無法釋卷。

《他有一把鋒利的小刀》，「闊別」了書市那麼久，一代人已經成長，值得劉以鬯的書迷一讀。

二零一三年四月二日

《對倒》書話（八則）

●東瑞

《對倒》的命運

多年前讀過劉以鬯的《對倒》。那是從十一萬字刪縮、改編成的短篇。「足本」在一九九二年由北京中國文聯出版公司出版，印數很少。一般人不易讀到。長篇小說《對倒》在一九七二年於香港「星馬晚報」連載，事過二十年在北京出版；幾乎又過了十年，才由香港的獲益出版長篇足本。這樣一算，從發表到在海外出版，幾乎花了三十年光景。

這正如一位名家所說的，正是「經典的命運」！凡迎合市場的消費、媚俗讀物，出版再版都不難；像《對倒》這樣缺乏商業價值卻充滿文學創新誠意的長篇，則需歷經艱辛，方能面世。我很佩服劉以鬯先生的耐心，從未曾為他嘔心瀝血所寫的作品焦急或氣餒。《對倒》的經歷就是一個證明。

我們還是應該為老作家的認真和勤奮致以敬意。《對倒》從十一萬字的長篇縮改成三萬多字的長篇。從原六十四節改為四十二節，不是簡單刪節了事，而是做了大幅度改動。縱然這次在海外出「足本」長篇的《對倒》。也不是北京那個本子的照搬。其間，劉先生又花費了不少時間去改正錯字、對文字進行潤飾一番。因此，可以說，這香港版《對倒》（厚達三三六頁）是目前相對來說較為理想和完整的本子。

欲研究《對倒》，不妨以它為文本。

《酒徒》是劉以鬯代表性名著，已有定評；多年前還出過一本《〈酒徒〉評論選集》。而在劉先生心目中，《對倒》的重要性並不亞於《酒徒》。尤其是當他獲悉《對倒》（短篇）被選收進多種重要選集中的時候。這些選集是《世界短篇小說精品文庫》（中國卷）、《二十世紀中國短篇小說選集》（第四卷•上海大學出版社）以及《現代中國短篇小說選》（日文報）。這些情況說明：不同的重要選本的編選者在沒有協商的情況下，都對這部小說極高的文學創新價值取得高度的共識。劉先生在多年沒出書時率先想出其足本，也是很自然的了。

《對倒》出版機緣

劉以鬯先生修飾長篇小說《對倒》，正是他感到最失落的時候。他的心境在「《對倒》新版前記中有具體的描述：「今年六月，一件出乎意料之外的事情驀地發生：我在無可奈何的情況下，必須將辦了十五年半的《香港文學》（月刊）交給另外一個機構續辦。失去《香港文學》後，情緒低落，內心空虛恍惚，做甚麼都提不起勁。朋友們知道這件事後紛紛寫信給我，打電話給我。勸我不要氣餒，勸我繼續在坎坷的文學道路上行走……」

劉以鬯為《香港文學》付出了十年半的歲月。他創辦之時，年紀已超過了六十歲。但辦一份純文學刊物一直是他的理想，儘管個人付出了許多代價，但他是不感後悔的。一百十八期的《香港文學》在書架上排列起來是一個長列，其內容和編排特色，無愧於世界華文文學豐碑的稱號——他決非退休，他認為年齡和辦文學刊物並沒有甚麼衝突。這種看法恰恰和我常給青少年說的「文人沒有退休期」相似。到學校演講，學生常問我當作家有甚麼好處？我就想到，最大的好處就是「沒有退休期」！

劉以鬯為《香港文學》勞心勞力，除薪酬大大不如他寫專欄、編報時期之外，最大的代價看來是幾乎放棄和「忘記」了整理出版自己的作品。許多年輕人心浮氣燥，寫了一點東西就急於結集成書。但劉先生相當沉得住氣。這十年中，有些人邀他出微型小說集，他不肯，說很多寫得不好！要挑選，要修改。一拖再拖。

這就是資深老作家的感人榜樣。

當然這也是因為他專心致志編刊，沒有時間的緣故。我們想到一旦不編雜誌，他必會很不習慣；這個空檔，不是正好可以用來整理舊作嗎？如他不整理，許多文學珍珠就要長期煙沒在故紙堆裏了。劉先生作品，一部有一部的創意和新意，我們應予珍惜，助其面世。

就這樣，《對倒》於十二月面世了。

很快，他的首部微型小說也要投入編報了！

光榮屬於香港文壇

在香港，一個編輯、報人手中有刊物時，周圍常圍着一些人；假如他的編輯方針是「認人不認稿」，人會更多。劉以鬯先生是「認稿不認人」，並沒有那類一窩蜂現象。

但你不能不承認人情冷暖，世態炎涼。人一走，往往茶已涼，甚至變冰！沒有《香港文學》，劉以鬯的本身價值並沒失去。因為劉以鬯除了是著名的編輯家、資深的報人之外，最主要的，還是以小說家為香港和海內外華文文壇所熟知。幾十年甚至超過半個世紀的努力，使他奠定了「香港文壇泰斗」的地位。

假如因為處理不當，失去了《香港文學》而令他沉默下去，這是整體文壇的悲哀。

假如空喊發展和繁榮香港文學，活動和會議開得再多，可是在實際上不能為他提供出版他所想出版的作品的機會，這也是出版界的恥辱。

我們除了肯定他對編《香港文學》的貢獻之外，如果能力辦得到，還應該關懷他的累積數十年、尚未整理出版的作品。這是劉以鬯自身價值的全部。出版他的有文學價值的實驗小說，意義已不止在他個人；受益的是整體香港文學。因為他那些作品，挑選的十分嚴格，可以豐富香港文學的寶庫。從這一角度看來，假如劉以鬯先生一系列重要的、他想出版的作品都能順利出版，光榮並不屬於任何一家出版社，而是純文學在香港的勝利。

老作家的書不能出版，這個遺憾不僅是作者個人的，也是整體香港文壇的遺憾。

《對倒》厚達三百餘頁，能夠出版，我們感到很欣慰。不但短篇、長篇一併收進去，還有不少重要附錄，總共近三十篇。例如中德文學交流研討會紀要、香港電台對改編成半小時電視劇的訪問；董其章用對倒形式評《對倒》；王家衛談《對倒》和電影《花樣年華》的關係等等；其中，楊義的評論寫得極為精彩。

縮本、足本、評論資料於是藉《對倒》的出版都保持下來了。這是件大好事！

劉以鬯與王家衛

在康城電影節獲特別技術獎。王家衛導演的《花樣年華》電影落幕時打出「鳴謝劉以鬯先生」的字樣。看來必有不少觀眾很奇怪，《花樣年華》和劉以鬯有甚麼關係呢？

《花樣年華》多次引用《對倒》裏的詞句作為字幕。

其一是「那是種難堪的相對。她一直羞低着頭，給他一個接近的機會。他沒有勇氣接近。她掉轉身，走了。」（《對倒》第一一九頁）其二是「那個時代已過去。屬於那個時代的一切都不存在了。」（《對倒》第九六頁），其三是「那些消逝了的歲月，彷彿隔着一塊積着灰塵的玻璃，看得到，抓不着。他一直在懷念着過去的一切。如果他能衝破那塊積着灰塵的玻璃，他會走回早已消逝的歲月。」（《對倒》第九六頁）。

王家衛看來很欣賞這些充滿懷舊氣息，並散發着感傷意味的敘述語言，用它詮譯電影中人物的心境，並以字幕作為鏡頭的過度。

但「鳴謝」的意思應是不止這些字幕的出處和摘錄，而是整部《花樣年華》的構思和靈感。

王家衛在《對倒》寫真集前言中有這麼一段很重要的話：「《對倒》由兩個獨立的故事交錯而成，兩個故事的主要人物分別是一個老者和一個少女。故事雙線平行發展，是回憶與期待的交錯。對我說，tete-beche不僅是郵學上的名詞或寫小說的手法，它也可以是電影的語言，是光線與色彩，聲音與畫面的交錯。」而最顯題的是這麼一句：「tete-beche甚至可以是時間的交錯，一本一九七二年發表的小說，一部二零零零年上映的電影，交錯成一個一九六零年的故事。」

這使我想到劉以鬯和王家衛兩人，雖用的和兩種不同的媒介，但在很多方面相似。劉以鬯重視文學的藝術價值而不問它的市場價值，王家衛如是；劉氏的小說沒有故事情節或情節不強，王氏也是；劉氏小說一部有一部的創意，引起讚嘆，王氏幾乎沒有一部電影不獲獎……「英雄識英雄」，變成是很自然的事了。

《對倒》和《花樣年華》

劉以鬯《對倒》的內容和結構特點，以楊義概括得最好：「淳於白象徵沉落的蒼老，亞杳象徵浮薄的青春。這一老一少從不同的方向或坐「巴士」，或步行，來到香港旺角商業區，對相同的街景、車禍和劫案，戲劇性地激發了不同的，或灰暗或粉紅的「意識流」……

作品用類平電影蒙大奇的連綴方式，交替敘述兩個人物的街景見聞和意識滑動，離中見合，同中顯異，關照呼應，於意像跳躍之處未失結構安排的細針塵縷。」「這種把意識流手法用於陌生人街頭對行，從而產生隔代人不同心態的強烈對比的敘事謀略，實在是匠心獨到的創作。」

這種「電影」感，看來是王家衛喜歡和看中《對倒》的原因之一。不過，從小說語言而變成電影語言，要照搬《對倒》顯然很困難。王家衛從《對倒》的結構和形式獲得靈感，觸發了《花樣年華》的故事內容。他設計了梁朝偉和張曼玉這兩個同時代的人物，很偶然同時搬入，一幢上海人聚居的同一層唐樓，毗鄰而住。梁是報館編輯，張曼玉是寫字樓女文員，那麼巧，梁的太太常常不回家，而張的先生則不時出差日本。她常為三餐而下樓買粥甚麼的，在梯間經常和上下班的梁朝偉相遇。張衣着入時，正處「花樣年華」而心境寂寞，不免引起梁的關注，而梁的淳厚老實，常是一人在家也惹來張的留心，但他們顧忌別人的閒議，思想還是挺保守的，始終保持一段距離。直至一次相約外出吃飯，從彼此的探詢，竟意外地發現兩人的配偶正背着他們搞婚外情……情節急轉直下，從同病相憐到互相愛意，但也一直克制着。梁為逃避這段感情到新加坡，張追至卻沒遇上；梁回香港，也一線之差，沒能再見張……

電影結束，故事情節淡淡的，敘述婚姻的蔭差陽錯中一雙小男女囿於傳統觀念下戀情的悲劇：命運讓他們走在一起，也是命運令他們始終沒能完滿地結合，這不正是《對倒》中兩個不同時代男女「無緣無分」的變奏麼？

「內容決定形式」的大顛覆

很欣賞楊義在文學評論（一九九三年第四期）《劉以鬯小說藝術練論》中對劉以鬯先生在「小說結構」方面的開拓和發展。楊義說：「假若比較閱讀劉以鬯多篇實驗小說，就不能不驚異於他對小說結構思維：具有異常敏感新銳的才分。他不屬於那種認為內容可以自發地決定結構，面對結構用心不多的作家，而是高度重視結構的能動作用，極力發掘結構在小說審美體制中的潛在能量和特殊價值的作家。在他的小說動力體系中，結構不是消極的受動者，而是充滿活力的施動者，從他的一些作品如《對倒》、《鏈》，甚至以結構方式命題來看，他的部分小說靈感不妨認為是首先在結構上觸動的。」

楊義很好地，用十分精煉的語言概括了劉以鬯在小說結構方面的開創。這種開創的實驗，具有「顛覆」傳統小說理論的意義。過去的小說理論，特別是中文小說理論，都強調「小說內容決定形式」「形式服從於內容」「形式決定於內容」，一向遵循的「鐵」的「法則」。結構屬於形式，是形式重要的一項。小說起革命，據我所知，泰半在技巧、文字、內容方面，很少在結構。傳統的「起、承、轉、合」幾乎「統治」了長篇小說幾個世紀。

劉以鬯以《對倒》的成功實踐，證明了結構有主動作用，有潛能，有特殊價值，充滿活力。「對倒」的結構形式，使《對倒》這部長篇才能充分表現那個老者的「緬懷過去」和那個少女的「憧憬未來」，且在形式上體現出高度的「平行」又「交錯的結構美感」。不錯，劉以鬯寫這篇小說首先是在結構能動的，是從一對「對倒」的「慈壽九分銀對倒舊票」雙連得到靈感的。正如劉氏所說：「郵票寄到後，我一再用放大鏡仔細察看這雙連票的圖案與品相，產生了用『對倒』方式寫小說的動機。」《對倒》的內容精彩，與其對倒形式密不可分。

「巴赫的複調音樂」

王友貴稱劉以鬯的《對倒》是一種「頗似巴赫的複調音樂」，頗為有趣，也很形象：「兩條旋律線逆向而行，交織成一個整體。再說具體些，它具備奏鳴曲那種對比、變奏的結構。」

不懂音樂。也沒研究過巴赫，但聽一些協奏調，確常聽到「複調」，兩種不同的旋律並行，到了一定時候，就交匯、融合，突然又變奏叉開去。如果用一條大河的兩條支流來比喻也很恰當。「主流」是那個社會經濟動蕩的七十年代的「街景」，兩條支流就是淳於白那個老者和亞杏這位少女的「視角」以及由此視角引起的不同意識和感受、反應。它們被作者嚴格地把握和規限在兩者不同的經歷、年齡、生活體驗和個性上。他們同樣在繁忙的地區旺角行過，可是因為所行的路線並非「並肩」，而是「對行」或「逆向」，於是所看到的街景劫案、車禍所引起的反應，有相同的，也有極大的區別，眼看兩個人幾乎要遇在一起了，卻又忽然行遠，堪稱一種「咫尺萬里」的謀略。

這種敘述謀略，殊不容易處理，心要異常細密，才不出漏洞。

這種分敘，也充滿了意味深長的哲理性。街上萬頭鑽動，多少行人與你擦身而過，但彼此的感情和心思又距離得多麼遙遠。

馬路上的幾千幾萬雙腳步行色匆匆，每一個人卻又是極度孤獨的，小說中的淳於白和少女亞杏正是如此。一個是不斷回想當年在上海、重慶的生活，似乎唯有「回憶」才能支撐得住他餘下的生命；一個是不斷地憧憬未來的可能，幻想的事物，都惹起足於將人淹沒的貪婪和慾望，似乎只有「未來」的膨脹才可填補眼下的苦悶和心靈貧乏。

「支流」偶然彙合，那有三次。

一次在電影院並肩而坐，一次在公園，一次在夢床上。意識仍大不相同。似乎只有「性」是共同的，卻也出於不同的需要。

《對倒》用結構顯示人生的孤獨和慾望，實在出色，別出心裁！

意識流和寫實的交融

《對倒》的結構，形成了一種「平行」「對應」的美感。「隔段」分敘，分別由淳於白和亞杏輪流上場，基本上用了他們的視角。妙在兩個人物又是「隔代」的。年齡的差距造致對身外事物想法和感受不同。如說「典型」，他們也頗為典型：淳於白經歷過日本侵華時期，經歷過內戰。七十年代初期，我們算得出他的年齡在五十上下了。這個人物的經歷，讀得出來，劉以鬯先生調用了自己經歷的第一經驗，像上海和重慶那一段生活就很明顯，但又不全是劉以鬯自己。這個人物靠收租過活，無所事事，才可能莫名其妙地乘過海隧道巴士，從香港到旺角。亞杏卻只有十五、六歲，生活在「問題家庭」，父親常夜歸或不歸，全家僅靠母親打工，不時開不了鍋，母親需向姨媽借錢。亞杏是那種不想在工廠打工又不想奮發，每天發明星夢的，愛慕虛榮的少女。這種不滿現實的少女對自己的未來有太多的幻想和期待，恰恰跟「人到中年萬事休」、有着很深滄桑感、歷經戰亂的淳於白「只活在回憶中」，形成鮮明強烈的對比。人物用心地選擇，才能使《對倒》充滿戲劇性的強烈效果。也使人物的意識流動，內容不相同。

但說到「意識流」，《對倒》仍和《酒徒》有大區別。《對倒》並非全用意識流寫成，劉先生穿插了「全知觀點」——唯有如此，才能那麼豐富。比如在交代兩個人所處方位，所走到的地點，以及與外人的對白，都靠了作者的敘述，並非純粹的意識流，他們的回憶和憧憬不時有作者的介入。整體來說，我們反而感到劉以鬯的寫實本領和功夫非常到家。整部《對倒》因為劉先生充分地寫實，而令人感到它沉甸甸的份量。難得的是只以街景、劫案、車禍、一些社會見聞為主，充分地反映和再現了七十年代經濟的動蕩，如股票、房地產、文化等的變幻。這些寫實內容用了現代的對倒包裝，頗為動感，雖曰無情節，但依然好讀。

刊於二零零一年一月三十一日至二月二十六日

印尼雅加達《秋平日報》

擦身而過的故事

——談《對倒》和《花樣年華》

●東瑞

芸芸眾生，活着在偌大一個宇宙之中，像是藍天上無數朵飄逝無跡的白雲；鬧市繁華街道上萬頭鑽動，軀體靠得那麼近，甚至與你擦身而過，可是他們的意識思想不同，心靈也是陌生的，他們都是一個個孤獨的個體；人間匆匆來回的腳步是緊湊而密集的，但又是咫尺天涯，分屬不同心靈世界的動物。人到頭來是很孤單的。

劉以鬯用《對倒》中的老者淳於白和少女亞杏精采地詮釋這個司空慣見卻又易為人所忽視的人間真相，將這個深刻的哲理性滲透和貫穿於長篇小說《對倒》中。他為此用了十一萬字。小說寫於二十八年前，二十年後由北京文聯出版，似乎沒引起太大注意；再過八年後的二零零零年「二十世紀末」首次出香港版，才引起多方關注。中國大陸好幾家出版社掀起欲在內地重版的熱潮。而在此之前，著名電影導演王家衛英雄識英雄，看中並欣賞《對倒》，並從中獲得靈感，拍攝了一部《花樣年華》。劉以鬯重小說創意，王家衛重電影藝術；劉以鬯滿意的小說情節性不強，王家衛不大考慮電影的商業價值……兩人有許多共同之處。從王家衛的《花樣年華》我們讀到小說中那種懷舊的韻味；從劉以鬯的《對倒》我們感受到強烈的電影交錯感。電影中的梁朝偉是報館編輯，租着整幢都是上海人的房間，小說中的老者淳於白來自上海，有着化解不開的上海情意結；電影中的張曼玉年輕，只是比小說中的亞杏大些。小說中的「對倒」背景是鬧街，電影中的「對倒」是同幢唐樓的梯間，還有「故事」。張曼玉和梁朝偉的關係和他們的配偶的關係，形成「對倒」：先是張的先生和梁的太太搞婚外情在偶然間被他們獲悉，才迫使他們從鄰居朋友關係漸漸變化發展為有愛意的關係，人與人的關係產生「對倒」，而後又良緣多次錯失。忽然聯想到劉以鬯的經歷和失落：被迫無奈離開《香港文學》，才促使他生起趕快整理出版《對倒》的願望並能那麼快如願。世間的事，一得一失之間，常是那麼不可預料。江迅說：「十五年前創辦的刊物，傾注了他的心血。」吳萱人說：「十五年編刊不尋常」。正當劉以鬯愕然眾人吃驚時候，電影家欣賞他，出版人欣賞他，給予他應該享有的聲譽。如果電影中的梁張倆的配偶不搞婚外情在前，恐怕他倆不會那麼快熟絡，從孤獨寂寞中得到溫暖。劉先生十五年一直忙於《香港文學》的編務，可能出版《對倒》的事又要拖後。實在要感謝驀然的意外，促使一部經典的迅速面世。說「經典」非屬吹捧，港版《對倒》將濃縮短篇和長篇一起收入，卷末還有近三十位名家的高質評論，言論頗見精采；而劉以鬯認為：他喜歡《對倒》不亞於他另一代表作《酒徒》

《對倒》的結構美感，是該長篇的第一價值。此前有人反對「顛覆」論說，但說《對倒》是對中國現代小說理論的一次大顛覆，完全沒錯。傳統的理論是小說從來是「內容決定形式」，有了內容才找最合適的形式（包括結構）去包裝，去盛載；形式、結構處於十分被動的狀態和地位。《對倒》面世的價值之一——堪稱第一價值——恰恰是形式去決定內容。靈感來自一雙對倒連票，由此衍生故事。難怪名家楊義說了兩段精采的評價：「他不屬於那種認為內容可以自發地決定結構，而對結構用心不多的作家，而是高度重視結構的能動作用，極力發掘結構在小說審美體制中的潛在能量和特殊價值的作家」「他的部分小說靈感不妨認為是首先在結構上能動的。」「這種把意識流手法用於陌生人街頭對行，從而產生隔代人不同心態的強烈對比的敘事謀略，實在是匠心獨到的創造。」

讀《對倒》有一種感覺上的美感，不像傳統小說「起、承、轉。合」那樣讀完一個故事就完了，而是像如有人比喻的，好似在聽「巴赫的複調音樂」——沒領略過巴赫，但複調音樂或協奏曲中確常有「複調」，雙音並行，有其共同處又有變奏，同中見異，平行發展，中間不時有交融，擊出一些火花，又迅速化開。

一部《對倒》在手，更真實的感覺是像在看兩道時緩時急的河流在奔流，說順流亦可，說逆向也不妨，它們時有交叉，濺起些浪花，又很快「昂然」流下去。這「流」就由兩個身世背景截然不同的男女主角目光所到，意念和感受所及所組成。一個是在上海的生活舊經驗的回憶中活着，一個讓香港的物慾，名慾掩滿全身才覺有意義。兩種城市，兩脈意識交錯，就在鮮明的對比中，不但刻劃了人物的靈魂，也把時光交錯，極大幅度、極有深度和廣度地再現了當時社會的現實。「擦身而過」的故事能以這樣新穎特別的形式寫得如此富有內蘊，意象豐富，誰說不是苦心孤詣和獨到創造。《酒徒》以酒徒的視角，通篇幾乎意識流；《對倒》則處理上貌似容易，但工程多了一倍，由兩個人物登場，意識流外，還要加上全知觀點以及目不暇給的場景、對白，折射光怪陸離的社會眾生相和時代跳動脈搏。這一些又非常寫實。

「擦身而過」一詞有如「隨風飄逝」：劉以鬯把擦身時的光影拍了下來；王家衛則在無數的「交錯」中寫了一對男女的孤獨和關懷。

《明報》，二零零一年一月四日

《打錯了》：一瞬之念　全局改觀

・東瑞

現在許多朋友對小小說的特徵都有了共識。小小說因為短小，所以有一定局限。在人物形象個性的血肉豐滿、故事情節的曲折發展等等方面都有它的局限。局限也正是它的特徵。以前有句話非常流行「麻雀雖小，五臟俱全」，那是對小小說的功能太誇大了。小小說的語言可以寫得很美，意念和哲理也可以寫得很深，因為短，也可以比其他篇幅較長的小說擁有更多的讀者。但小小說有它的局限，不能不承認。它不是萬能的。

小小說的哲理深度值得我們去追求，小小說唯有在「創意」和哲理方面努力經營，才可能達到以少勝多的目的。以下以劉以鬯的小小說《打錯了》為例。

劉以鬯的《打錯了》曾收進至少二十幾種選集裏，相信多數小小說愛好者都讀過。記得當初發表的時候，曾經引起熱烈的爭論，爭論的焦點集中在小小說裏的主角陳熙到底有沒有死？後來，慢慢的大家才明白了作者劉以鬯的苦心——他用一種複合的結構，想表達的是一種「生命的偶然」的意念。我覺得很有一點哲理意味。劉以鬯是小說創意結構大師，長篇《對倒》就用「雙向意識流」的手法貫穿整部小說。《打錯了》的表達手法也很有創意，後來仿效它的作品很多。在《打錯了》中，劉以鬯用了大部分相同的文字，寫了男主角離家赴吳麗嫦的約會。第一段和第二段的差別只在第二段中間插進一個打錯電話的敘述，因為主角接了那個打錯的電話，而避免了一場車禍。這偶然的因素，將陳熙一個人的生命結局完全改觀。小說是這麼安排不同的結局的：

第一段：（陳熙）剛走到巴士站，一輛巴士疾馳而來。巴士在不受控制的情況下衝向巴士站，撞倒陳熙和一個老婦人和一個女孩後，將她們輾成肉醬。

第二段：（陳熙）走到距離巴士站不足五十碼的地方，意外地見到一輛疾馳而來的巴士在不受控制的情況下衝向巴士站，撞倒一個老婦人和一個女童後，將他們輾成肉醬。

我們不妨換一換另外的表現技巧，可能無法寫得像《打錯了》那樣簡要利索，客觀呈現；也許，要花更多的篇幅和筆墨，還可能落入俗套。

關於《酒徒》（節錄）

• 東瑞

1

長篇《酒徒》為劉以鬯帶來聲譽不是沒有理由的。是不是中國第一部長篇意識流小說，我沒研究；以我個人「閱歷」而言，以意識流為主要手法結構成如此長篇，且技巧上達到這樣流暢完美的，中國現代文學史上並不多見。施蟄存等新感覺派的那批運用了感覺主義等現代技巧的小說，篇幅並不長。老舍的《丁》極短。王蒙的意識流作品起步很遲。《酒徒》以一個常在清醒和朦朧世界徘徊的酒徒的視角和意識流動為主體，反映工商業高度發展的社會和「文學」「文人」的關係，充滿了對荒謬現象的深刻嘲諷，對人性被扭曲的悲哀，寫得入木三分。由於劉以鬯的意識流技巧掌握得極好、有分寸，讀時有種彷彿聽到主人公脈搏跳動、喃喃自語的感覺，震撼力甚強，的確非同凡響。要了解劉以鬯的文學思想，以及他為甚麼對嚴肅文學數十年如一日地堅持，《酒徒》是必讀的一部作品。

（節錄自《文壇馳騁半世紀》，一九八九年十一月十九日《文匯報》）

2

為了刻劃描述人類貪婪慾，他以陶瓷為題材，寫《陶瓷》。為了更真實更深刻地剖析病態的瘋狂世界，現實主義手法已不足於表達力時，他借酒徒之口，用意識流手法寫下《酒徒》，極其成功。

（原載一九八二年十一月二十三日新加坡《星洲日報》）

《天堂與地獄》如何重現「天堂」

• 東瑞

劉以鬯又有一本「新」書要出了；在書面世之前，不禁聯想起文學名著和電影的關係：近期李安導演根據張愛玲小說《色•戒》拍的電影被談論得沸沸揚揚，連書市都擺滿有關的書，瀰漫着「李安」、「張愛玲」和「色•戒」的濃重氣氛。如果不是電影，有多少人去注意張氏此篇僅二十幾頁、大部分寫得如小說大綱、好似有不少難言之隱、言未盡意的《色•戒》？又聯想起當年劉以鬯長篇小說《對倒》首次在港出版之時，也正是王家衛導演從中獲得不少靈感的《花樣年華》上映之際（《對倒》簡本早就面市了），令《對倒》成為暢銷書榜冠軍，不足三月就再版。電影對文學書的促銷真的非同小可。正如張愛玲所說：「電影是最完全的藝術表達方式，更有影響力，更能浸入境界，從四面八方包圍。」文學和電影兩大種不同的文藝媒介如能攜起手來，豈不是天下無敵？電影藉文學名著作襯底和包裝，抬高身價，而文學藉電影普及化和宣傳，皆大歡喜。當然，這兩者之間還得有像李安這樣細心和聰明的導演，能夠用雅俗共賞、觀眾喜聞樂見的形式去拍攝成電影，並從中加入一些表面上看來很有情節必要和藝術必要、客觀上卻造成商業價值（比如牀上戲）的東西，才會成功，又叫好又叫座，社會效益和經濟效益都雙贏。劉先生的《天堂與地獄》中的短篇小說總共有二十三篇，情節都頗豐富（其中有些細節可以從其他篇章擷取補充），有哪一個有心的導演，不妨讀一讀，也許也可以拍成電影。

劉以鬯的新書叫《天堂與地獄》，撰寫此文時書已出版並發行，在書店可看到了。書的出版有一段古，說來不長不短。話說二零零零年六月劉以鬯先生「在無可奈何的情況下，必須將辦了十五年的《香港文學》（月刊）交給另外一個機構續辦」，「失去《香港文學》後，情緒低落，內心空虛恍惚，做甚麼都提不起勁」（以上見劉以鬯《對倒》新版前記），我們為了鼓勵支持他，令他不要氣餒，我和內子瑞芬商量之後，決定為他出版三本新書，這就是非常著名的長篇《對倒》（二零零零年十二月）、微型小說集《打錯了》（二零零一年四月）和實驗小說集《不是詩的詩》（二零零一年九月）。從這三本書的出版年月我們可以看到每本的出版相隔都不足半年。前兩本大獲文學讀者和劉以鬯「粉絲」們的熱烈歡迎，給劉以鬯以極大的信心和鼓舞。接着我們繼續為劉以鬯出版一系列著作，包括他的評論集《暢談香港文學》（二零零二年七月），再版了他的經典名著《酒徒》（二零零三年七月）以及中短篇集《模型•郵票•陶瓷》（二零零五年五月）。我們迄今仍記得為他出三本書的許諾，是在二零零零年九月在太古城與劉先生夫婦茶敘時作出的。很多時談出版的事，我們都是兩對夫婦一起茶敘，一起談的。也許行外人不太相信，這一次出版劉以鬯的《天堂與地獄》，也是內子瑞芬率先在電話中多次跟劉先生邀的。我不知道瑞芬從哪裏知道有《天堂與地獄》這一本書？如果不錯，有讀者來電詢問過，發行商也提過，我問她，她說「有人在找」——我手頭有一本《天堂與地獄》是一九八一年八月由廣州花城出版社出版的，書共二百三十二頁。但這個版本內所收的《對倒》簡版本、《除夕》、《蛇》和《寺內》都在劉先生其他書中有了（此如《除夕》和《寺內》就收在《不是詩的詩》中），共佔去書的一百三十頁，剩下的八篇不過佔六十幾頁，如何出得成書？我想，我們茶敘時，我要帶着花城版《天堂與地獄》與劉先生商量看如何解決？如果重複太多，無異於浪費資源……。

這一次劉先生邀在銅鑼灣禮頓中心對面的一家「鳳城」茶樓飲茶。坐下來之後不久，就令我兩度吃了一大驚。

我將我帶的《天堂與地獄》（花城版）取出，放在枱面。

劉先生見了，很平靜地說：「不是此本。」他一邊說一邊從包中取出另一本薄薄的已很殘舊的書，書名居然也是《天堂與地獄》，我大大地吃了一驚。怎麼鬧雙胞胎？只怪我孤陋寡聞了！

我將書取過，還未翻看，已看到劉先生將序和一張相片交給內子瑞芬，她一邊讀一邊嘻嘻地笑；見到那張攝於半個世紀前（一九五七年）的劉先生夫婦照片，輪到她大為驚喜了。雙人照！這是將收入新書中的相片。在劉先生的出書史上乃屬破天荒首次！輪到我讀那短序，只有幾行，不到一分鐘就讀完，雖是「寫在書前」，但很有內容，也甚有深意，全文如下：

> 《天堂與地獄》是我一九四八年從滬來港後寫的短篇小說，一九五一年結集出版。五二年赴星馬報界工作五年，五七年回港，同年與佩雲結婚，甘苦共度五十載，未嘗二十四小時分離，適逢獲益重出本集，順便作為我倆金婚紀念。
>
> 感謝東濤、瑞芬夫婦，使《天堂與地獄》重現「天堂」。
>
> 二零零七年九月八日

瑞芬讀後嘻嘻自笑，連說：「這句好！這句好！」便是讀到「使《天堂與地獄》重現『天堂』」一語。而我的另一吃驚（驚喜）即與瑞芬相同，看到了此張如今仍保存得很好的黑白照片，將作為他們金婚紀念收入書中，求都求不來，讓讀者可以首次那麼清晰地欣賞到香港文學大師劉以鬯背後的女性羅佩雲。我們相信天下性情中人讀到劉以鬯在前言寫的「甘苦共度五十載，未嘗二十四小時分離」沒有不感動的。鶼鰈情深，此乃當中典範！劉先生的心實在夠細緻，在多本書的序言中都提到內子瑞芬的名字，乃是清楚瑞芬對他作品的欣賞不亞於我，公司多次為劉先生出書，都是她先建議的。瑞芬讀過《打錯了》，十分欽佩劉以鬯先生的選材和布局，常常能化腐朽為神奇。

將海濱版（一九五六年六月再版）仔細翻看，果然除了《天堂與地獄》這一篇之外，沒有一篇是重複的。

花城版收了十二篇，篇名是《一個月薪水》、《龍鬚糖與熱蔗》、《聖水》、《時間》、《天堂與地獄》、《吵架》、《鏈》、《第二天的事》、《對倒》、《除夕》、《蛇》和《寺內》。沒有序，倒是附錄了劉先生論文《小說會不會死亡？》和許翼心的評論《論劉以鬯在小說藝術上的探求與創新》。

海濱版收了二十三篇，沒有前言後語，所收的篇名是《珊珊和工頭老張的戀愛》、

《賣淫婦》、《天堂與地獄》、《夕陽》、《荒誕的愛情》、《新玉堂春》、《世紀末的情感》、《情侶》、《愛的測驗》、《馬場奇遇》、《電車站上的女人》、《艷遇》、《我怎樣殺死了趙順記的老闆娘》、《一夜難忘》、《親愛的麗麗》、《爸爸與媽媽》、《在渡海小輪上》、《四脱舞》、《靜靜的霧夜》、《花魂》、《邂逅》、《茶舞》和《野花》。每篇小說約僅兩千餘字，多則三千餘字，不是嚴格意義的極短篇，似乎是在極短篇和短篇小說之間的文體，卻是運用了不少小小說的技巧和手法（例如驚奇結局）。小說人物多屬中下層，涉及工人、賣淫婦、舞女、小職員、二房東、租客、舞客、小老闆、賭徒、少婦、情侶、盜匪等，相應地小說的背景也頗為廣泛：從舞廳到茶餐廳，從唐樓到電車路到渡輪，無不在劉先生的小說視野之中，表面上彷彿是隨意捕捉，細讀之下發現大部分篇章都寫得有血有肉有淚，寄意良深。例如《夕陽》以對白推展情節，寫出了舞女年邁容衰後的窮途末路，真是形象生動，入木三分！四十年代末，五十年代初，香港經濟仍未起飛，市道混亂，戰後一切仍未恢復。劉先生《天堂與地獄》中的二十三篇堪稱香港社會四十至五十年代的浮世繪，從小說創作中為我們提供了極為珍貴的了解當時社會民生的資料。最叫人萬分欣賞的是，二十三篇的語言都十分精煉簡潔，完全擠不出任何水分；每一篇也都有着頗巧妙的布局，吸引你閱讀——相信面市後可以一紙風行或引起注意。

最後不妨説一説劉先生書的封面。除了這一本經半個世紀後再版的《天堂與地獄》參照舊版本，説明劉以鬯先生頗為「懷舊」，「簡單就是美」外，其他多本書都是他自己設計的。他喜歡簡單：幾何方塊、長塊組合、線條、顏色對比等，都是他喜歡的，有時僅是書影組合、照片組合，不愛太花巧。除了本文所提到的書之外，還有早期同樣由獲益出版的，有《島與半島》、《他有一把鋒利的小刀》和《黑色裏的白色 白色裏的黑色》的封面無不簡單。初看好似比較乏味，久視方覺與眾不同，才能脱穎而出，給人深刻印象，非常耐看。

走筆至此，令我想起劉以鬯先生走過來的路實在並不簡單。他一直有好東西源源不斷拿出來給他的讀者。記得多年前在香港書展我們邀他到攤位為讀者簽名，那時他擔心可能要坐冷板凳，哪裏料到十餘位作家中數他的「粉絲」最多？我們總共為他出了十本書（其中一本是《酒徒》評論集）。他的書完全跟「票房毒藥」沾不上邊，而是品牌保證，經典效應，至少是二樓文史哲書店常常下訂單的一類，頗有幾本能長銷。

如果你是劉先生粉絲，可要密切注意《天堂與地獄》重現「天堂」的日期哦！

二零零七年十一月二十一日

《甘榜》序

● 東瑞

本書的出版，正值劉以鬯先生被選為香港書展第一屆年度作家，而剛剛獲頒香港公開大學名譽教授的時候。回溯到二零零一年，他已獲頒香港特區政府的榮譽勳章。這都是實至名歸的、令人興奮的好事。香港書展已舉辦很多屆，首次創辦「年度作家」的計劃和活動，邀請海內外有關者評介劉先生、在香港書展介紹劉先生的文學成就和對文學的貢獻，正合其時，頗為必要，因為劉先生正是香港的驕傲，他本人傑出的文學成就、對香港文學的傑出貢獻以及對海內外所產生的深遠影響，都是一種奇跡，給香港文壇帶來無限希望和信心；他被頒「名譽教授」，也恰如其分，畢竟劉先生有那麼豐實的文學創作，不像一些人只是一種虛銜而已；他那好幾部經典代表作（比如《酒徒》、《對倒》等），可以説都是至少目前為止暫且不能超越的一座座高山。可惜，文壇曾兩度推薦他應獲頒「終身藝術成就獎」，居然都沒有下文。這當然不是一種疏忽，也不能諉於客觀，而應説是缺乏文學的識見。在香港和海內外純文學界早就公認他的成就的時候，這不能不説是一種遺憾。

當然，他應享有終身藝術成就獎。這只是時間的遲早而已。僅論創作年齡，他從十七歲開始創作，迄今已達七十五年之久。文壇鮮有幾人情況相似。

在文學界，我們不難見到一些只顧自己寫作、追求發表率、知名度，一旦手中有權就假公濟私、搞交換、交易的情形。有時，箇中內情的披露，真是令人震驚，難免令人大大失望。在一些負面情況之外，我們不能不欣賞、欽佩和崇敬劉以鬯先生。無論是辦報還是辦刊，他都關注社會和文壇的發展，而從不將自己搞文學視為私人行為，十分明白一個人影響力的能大能小。因此，他為人、做事、創作都堪稱典範。尤其是在文壇上，他胸襟開闊，識見卓越，目光長遠，至今仍為海內外和香港的朋友所津津樂道。

胸襟開闊，他主持《香港文學》時，努力地將香港以外的世界華文文學一起推動，經常組織各國華文文學專輯，發表香港以外華文作家的作品，給處境艱難的東南亞華文文學和作家一份溫暖的支持。在被一些人責難刊物「不夠香港」時，他始終堅持，毫不動搖。而今，事實證明，唯有將文學視為沒有國境線的藝術，才是正確的觀念。連對他頗有微言的，也不能不仿效他這種做法了。世界華文文學，正朝整體化發展。

識見卓越，那是指他對新秀、後進的發掘和鼓勵。常在自己主編的報紙副刊、雜誌上刊登剛踏入文壇的作者的作品。只要文章中有一點閃光之處，他都熱心地發表。他對作者的作品，那怕不太成熟，也從不挑剔，從不大幅度刪節，從不藉故稿擠退稿。最不喜歡的只是作品涉及太濃的政治，最不能容忍的是一稿兩投或多投。倘作品不用，也一定誠懇直率地與作者說。從七十年代末，我就一直得到劉先生的鼓勵，否則難於堅持到今天，仍在創作。

目光放遠，是指劉先生從不為自己盤算。當年，他創辦《香港文學》初期，為將更多精力和時間放在辦刊上，推辭和放棄了很多報紙上的專欄（比如「成報」的連載小說欄，他就推薦我寫）。在他目光中，辦一份文學雜誌，意義較之個人的創作大得多了。這種在工商業社會誠心盡力地為文學園地的爭取，和那類欲借掌握發表權而謀個人更多名利的現象，其中的心態、理念和境界，可謂有着天地之別。至於劉先生編輯方面的「認稿不認人」原則，更是早已有口皆碑，為許多人所稱道。

這麼出色、罕見的文學刊物主編，本該讓他繼續發揮才華，難於想像的竟是主持了十五年且已見成績纍纍時，莫名其妙地被迫退了下來。須知劉先生主編創刊號時，早已年逾六十。不要說辦了十五年之後的一九九九年他無病無恙，迄今，他仍是每天要行走兩小時，身體仍是那麼健康。甚麼叫着年事已高而退休呢？大約十年前，我們《青果》雜誌訪問過他，是否還有興趣編一本雜誌？他的回答是肯定的。二零零九年在香港公開大學頒授「名譽教授」給他，他在與學生交流時，興致勃勃地談到正在構思一篇小說。談到有趣的話題，他那自然流露的一臉童真般的笑容，任誰都記憶猶新、印象殊深。誰又會相信十餘年前他就想退休呢？

那時，劉以鬯心情失落了好幾個月（詳見《對倒》自序）。瑞芬對我說，我們約劉以鬯、羅佩雲夫婦見面，為劉先生出三本書吧！劉先生很高興。就這樣，十年間，我們陸陸續續為劉先生出了很多書。如果以二零零零年為界，此前，獲益出了劉先生的《島與半島》、《黑色裏的白色　白色裏的黑色》、《他有一把鋒利的小刀》以及評論集《〈酒徒〉評論選集》；二零零零年之後，獲益先後出了劉先生的《對倒》足本、《打錯了》（微型小說集）、《不是詩的詩》（小說、散文、劇本、評論合集）、《酒徒》、《暢談香港文學》（評論、隨筆合集）、《模型•郵票•陶瓷》（小說集）、《天堂與地獄》（小說集）。可以說，劉以鬯最重要的好幾部作品，都由我和瑞芬一起主持的獲益出版事業有限公司出版了。這兒不能不提瑞芬，她對老作家劉先生，比諸我更有一份細心的關懷，好幾次出書建議都是她率先提出來。尤其是《天堂與地獄》和《甘榜》的出版更是如此。

我們真是十分感激劉以鬯先生的首肯和信任，將書稿交給我們出版。獲益不過是一家小小的出版公司，名家加陣，無異於對我們艱難的出版事業是一種極大的精神支持。在劉先生著作影響力日益廣泛和深遠的今天，各家出版社都在爭奪名家稿件，劉先生要出書已不太難。令我們感動的是到今天我們依舊能獲得劉先生夫婦倆的信任和支持，繼續出版這一本全部小說首次入集的新書《甘榜》。

另一個叫我們萬分感動的事，是從二零零零年起，他才有空整理自己的作品，一部部地出版。從一九八四年至一九九九年，他的時間和精力全放在將《香港文學》編好之上。謙虛、為公而無私的他，首先是為香港文壇服務，首先是為推動華文文學盡心盡力，而將個人著作之出版放在了次位。如果我們聯想到他以驚人的魄力編成了浩浩厚冊《香港文學作家傳略》、《香港短篇小說百年精華》以及以卓見慧識主編了許多重要選集，不能不對他肅然起敬；也很感謝劉太，在劉先生著作的出版方面，始終扮演了十分重要的積極協助的角色。

《甘榜》共收十三篇小說。三四十年代發表於內地報刊的歷史小說《迷樓》、《北京城的最後一章》、五十年代、六十年代、七十年代發表於如今早已停刊的香港報紙雜誌的小說，都首次以書的形式與讀者見面。濃郁的生活氣息固然有助於讓人了解已消逝的年代和社會；語言的精煉，形式的創新，更體現其文學價值的珍貴。《土橋頭》的異國色彩，《甘榜》的淒美感傷，以及《烤鴨》、《霧裏街燈》等篇的不俗技巧，都叫人深感劉以鬯先生那「好的小説，一定要有新意」的名句，在他七十餘年的創作生涯中確是貫徹始終的。他對文學藝術的虔誠、努力遠非近年始，堪稱堅持了大半輩子。《北京城的最後一章》寫兩面派袁世凱帝夢的破碎，結構緊湊，文字古雅，倍顯劉先生豐厚的史識。限於篇幅，拙序對本書只是拋磚引玉，略提一二，詳細的評論就等研究家來做吧！

劉先生的小説我很喜歡，不時在學校向同學們推薦。因為劉先生的創新技巧，以及他那深入淺出的文字，他的作品讀者不再限於年長的純文學愛好者，連大、中學生也喜讀他的小説，崇敬和崇拜他，讓人感到十分欣慰。

《甘榜》確是一本精采的好書。既好讀，又富有文學價值。讀了不會沒有所得。

二零一零年三月十六日

娛樂別人和娛樂自己的和諧統一

——略評劉以鬯新著《甘榜》

●東瑞

二零一零年在某種意義上可以說是劉以鬯先生的文學年。繼黃國兆將《酒徒》改編成電影劇本、搬上銀幕，劉以鬯獲頒香港公開大學「名譽教授」之後，香港書展主辦機構又邀他出任第一屆「年度作家」，為配合這些活動，獲益出版事業有限公司特地出版一本他的新書《甘榜》（短篇小說集）。

從一九九九年沒任《香港文學》雜誌主編以來，劉以鬯才有空慢慢整理出版他的作品，難得的是劉夫人羅佩雲女士也在旁幫忙整理和處理；自一九九九年十年來，劉以鬯連續出版了他的非常重要的著作《對倒》（足本，長篇）、《打錯了》（小小說集）、《不是詩的詩》（小說、散文、劇本、評論合集）、《酒徒》（香港版本，長篇）、《暢談香港文學》（評論、隨筆合集）、《模型•郵票•陶瓷》（小說集）、《天堂與地獄》（小說集）。最新的一本，即新鮮出爐、將在二零一零年七月與讀者見面的《甘榜》。劉以鬯的居屋，毫無疑問，擁有一個表面上普普通通的書報室，但裏面藏有許多文學珍奇，掏呀掏的，隨時都能變出許多文學好寶貝來。一旦拿出來，輕輕抹去蒙蓋在上面的歲月塵灰，見見陽光，馬上燦爛奪目，教人發出一聲聲驚嘆！像《打錯了》就成為經典名篇，香港考試局還把它作為考大學的文學試題讓中學考生考；像《天堂與地獄》初版於一九五一年，是劉以鬯一九四八年從上海來港後寫的短篇小說結集，二零零七年再版，歷經半個多世紀，可是好幾個朋友、讀者都說這本書好看，劉先生「有生活」，書內二十三篇小說堪稱四、五十年代香港社會的浮世繪和俗世風情畫，有助於我們了解香港的早期社會狀況。

《甘榜》亦是一本精采好書！

這不能不令人連想起劉以鬯經常說的名言，大意是，他一手寫娛樂別人（讀者）的，一手寫娛樂自己的。像《酒徒》、《對倒》必然是「娛樂自己」的，那麼，像《天堂與地獄》、《甘榜》一類，究竟是「娛樂讀者（別人）」，抑或「娛樂自己」，還是兩者兼而有之呢？照我看，「娛樂別人」的説法，包含着劉先生一些謙虛心緒，因為在他早期一天供應十一個報紙小説專欄的寫作生涯中，那些小説多數應報館老總或老板而寫，趕時間、趕交差，不少可能是急就章，但應也有一些寫得比較技巧、富有創意，構思、文字、意念等等都精采（如《酒徒》、《對倒》如今成了經典，當初，不也是在報上先連載的嗎？）的，於是難免會出現「娛樂自己」和「娛樂別人」不易分清或兼而有之的情形。

這是劉以鬯先生文學使命感所致。他即是一位為藝術而創作，同時，也是一位為人生而文學的罕見的出色作家。因此，那些他謙虛地稱為寫得通俗的、娛樂讀者的小説，往往也達到了一個其他作者未必能達到的文學高度。《甘榜》正是這樣一本書。

《甘榜》與「金榜」在粵語中近乎同音。香港讀者會覺得書名可能有點怪，不明其意。但新加坡、馬來西亞、印尼等國的華文讀者，輕輕唸出，馬上會發出會心的微笑，「甘榜」是巫語，即「KAMPUNG」，乃「村莊」之意。對東南亞各國美食適應力極強的香港讀者，一定會接受和歡迎這個特別書名。我們已習慣西方文學的譯名，仍不習慣「甘榜」可以理解，劉以鬯偏偏以它命名，也可説是一種創意吧。本來該短篇最初於一九五七年八月在新加坡《星期六周刊》（以「葛里哥」署名）發表時，原題為「靜靜的甘榜」，劉先生說，如果保留「靜靜的」三個字，人家會聯想到《靜靜的頓河》，以為模仿，所以把「靜靜的」去掉更好。足見劉先生對書名一絲不苟的精神，而劉先生一向確實喜愛簡單、簡潔，無論封面、篇名、書名和行文，都奉行「簡單就是美」的主張。

《甘榜》共收十三篇短篇小說。發表的年代從四十年代到七十年代，都是見諸於至今已停刊的新加坡或香港報刊。如《中外畫報》、《星期六周刊》、《銀燈日報》、《香港70STYLE》、《新風》（創刊號）、《快活周刊》（第二期）等，其中最珍貴的是發表於一九四七年的《巨型》的《迷樓》和發表於同年《生活》六月刊的《北京城的最後一章》，此兩篇小說後來都收進柯靈做名譽主編的《迷樓》（上海四十年代文學作品系列）中，《迷樓》還做了該書的書名。如不是劉以鬯夫婦親自做這樣的「文海勾沉」的功夫，書就沒法問世，至少研究者就少了一份很有文學價值的作品資料了。

讀《甘榜》，感覺和讀《天堂與地獄》一樣，那深入淺出、簡潔平易的文字依然是那麼吸引人。只有運用文字用到那樣爐火純青、駕輕就熟的文學大師，才可能把小說寫得那樣動人。當然，最重要的是劉以鬯「有生活」，豐富的生活體驗，不需要靠故弄玄虛、艱深、扭曲、晦澀難懂的語言去嚇唬讀者。哪怕他寫得最前衛、最有創意的小說，也都能讓中學生讀得下。他把握生活中形象、感性語言的能力是叫人吃驚的，比如，以南洋社會為背景的《土橋頭——烏九與蝦姑的故事》，小說裏面就出現了許多新加坡地方性語言和閩南語，如甚麼頭家娘、估俚、巴剎、烏頭飯、頭路、幹你老母、馬打、打限房、一扣、賣白欖……這些，有的是當地話，有的是閩南方言。整篇小說，頻用短語、對白，語言節奏極為明快，請讀：

鴉片仙噙着眼淚哀求：「印度人的錢，借不得。你借些給我吧！」烏九愛理不理地又是這麼一句：「我哪裏會有錢？」鴉片仙一氣，翻身下牀。烏九問他：「到甚麼地方去？」他答：「踏車！」烏九勸他不要去，他說：「不掙些錢回來，病怎麼會好？」說罷，一瘸一顛地走向房門，邊走邊咳，吐了一口血痰在地板上，也只是用拖鞋抹了兩下……

（摘自《土橋頭》）。

這樣的文字，讓人有讀中國章回小說的感覺。所謂「明白如話」，不妨礙小說寫得深刻精采。《土橋頭——烏九與蝦姑的故事》寫早期下層華工——三輪車夫烏九和一個在街邊樓梯口擺香煙攤的十六歲的蝦姑戀愛的悲劇。烏九為了追求蝦姑，想幫蝦姑的爸爸賴亞豬還賭債，可是心有餘而力不足，蝦姑被迫以身抵債，任大嘴林睡了。小說的結局是，烏九的感受漸次麻木，變成了乞丐，四處乞討，兩年後的中秋節，蝦姑的屍體在一條河上浮起。這樣悲慘的故事，令人聯想起印尼著名華人老作家黃東平的一系列反映底層華工生活的作品。問題是，黃東平長期生活於印尼，對於那兒的社會狀況較為熟悉頗為自然正常，劉以鬯為編輯工作在新加坡只有五年，卻能那麼迅速將目光「下放」，而且寫得那麼形象生動而富有南洋地方色彩，他的敏銳以及悲天憫人的情懷，都不能不教人欽佩。

《甘榜》內的小說，表現手法多姿多彩，情節性很強，難得的是，大都有一個懸念。因為它們都是發表於報刊上，為了吸引讀者，當然不能寫得索然無味。除了《迷樓》和《北京城的最後一章》兩篇歷史小說之外，幾乎都有引人入勝的曲折情節和懸念，緊緊帶領你讀到終卷。《土橋頭》、《甘榜》是如此，《兩個表妹》、《年紀還輕》也是如此；而《愛看鮮血的女人》為甚麼愛看鮮血？《父親，可恨的父親！》為甚麼可恨？從題目到內文，都會強烈地激起讀者的閱讀慾。不到終卷，實不知小說的大結局。這可能就是劉以鬯先生所說的「娛樂讀者」吧！這正確地說，其實是巧妙地運用了傳統小說中的「情節」、「故事」因素於現代小說裏，沒有甚麼不妥之處。小說不能自說自話，必定要有讀者看得有勁才達到創作的目的。再說，劉先生當時「為稻粱謀」大量「生產」的小說，畢竟還是和一般的言情、流行小說大不相同，他的小說中的社會背景、人生使命感、人性價值觀、鮮明的貧富觀、審美感都和那類即讀即棄的快餐文學、速食麵大相徑庭。譬如《緣》，運用了「誤會法」，雖未必新鮮，但他一環扣一環，將小說布局得相當嚴密，審視我們社會男女的關係，就留下了七十年代純樸的男女觀念痕跡，和西風東漸的香港二十一世紀（一夜情之類）有如天淵之別。

除了懸念之外，劉以鬯收在《甘榜》內的小說也大都有個驚奇結局。不禁使人想起了美國的歐•亨利的小說。當九十年代起，世界華文微型小說研究專家對小小說的結尾是否一定要用「驚奇結局」時，劉以鬯早已經根據短篇小說的需要，巧妙地安排他小說的結尾了。《緣》、《兩男一女》、《愛看鮮血的女人》、《父親，可恨的父親！》無不如此，最精采、最典型的莫如《烤鴨》和《霧裏街燈》兩篇。在本書十幾篇作品中，這兩篇堪稱劉先生的短篇杰作。

《烤鴨》融合了「荒謬劇」的元素。我們在本篇中不難體會到縱然真如作者所言，這是美國朋友威廉士講給他聽的故事，但也要有相當高超的說故事能手來說才好聽。《烤鴨》寫慕名北京名菜「北京烤鴨」、北京人力車夫和北京人情味的美國人古佛烈來到北京的一系列奇遇。他讓車夫幫他找了家著名的烤鴨店正陽樓，還讓車夫陪他一起吃，但見飯店送上來的都是鴨皮，連叫兩盤都是如此，只好叫車夫幫他全部吃下去，失望地走了。車夫從來沒吃過那麼多油膩的鴨皮，為他拉車的半途中肚子劇痛起來，古佛烈的惡夢從此開始了……在貌似「洋大人北平奇遇記」的故事外殼裏，內蘊卻是對東西方文化衝突的描述，出奇不意的結局，有着一種東方式的幽默，幽默中讓你去體驗中國式的、令人破啼為笑的人情味。

《霧裏街燈》最初在《中外畫報》發表時，以《霧裏街燈和早熟》為題，入書時刪去「早熟」兩字，再次證明着劉以鬯一向主張的簡單。《霧裏街燈》的價值和特色，是融合了思緒的流動，以非常詩意的文字呈現，對十八歲青年內心那青春慾望的躁動，作了非常逼真的文學心理解剖。「思緒流動」其實已非常接近意識流，但還不是那種純粹的完全的意識流。劉氏長篇《酒徒》運用意識流比較純粹，這個只有約兩千多字的《霧裏街燈》，將作者的外來的客觀描述和「他」的想法、內心獨白結合起來。為了將小說寫得合理，令人信服，一如《酒徒》借助「酒徒」的身份，《霧裏街燈》必須在大霧彌天、街頭景物顯得一片迷茫時發生才能構成一篇杰作。那詩意的文字不要說在六十年代的香港報刊上較為罕見，放在今天依然讀之別有一番特別感受：

先用狂熱編織慾網，扔過街，不讓勇氣漏出。十塊錢的入場券，只有一份偽裝的純白。十塊錢，可以揭穿秘密。十塊錢，可以看到從未見過的謎底。十塊錢，世界立即失去神秘。

他的手涼了，情緒在發抖。慾念脫下外套，赤裸裸地站在霧中，鼓足勇氣，向道德宣戰。道德尚未豎起白旗，但快樂已在火屋裏舞蹈。……

這是《霧裏街燈》內裏的一段。《甘榜》同名小說也取材於南洋。異國色彩摻入了血緣親情，同樣以詩一樣美的文字征服讀者，末尾餘韻裊裊，叫人再三地品味，低迴不已：

小河依舊平靜如鏡，有一種神韻的美。
兩岸之間有座橋，橋上只有寂寞。

可見，哪怕是「娛樂讀者」的小說，在小說家劉以鬯寫來，也是不同凡響、充滿豐盈的創意的。正如他常說的：好的小說，都充滿創意。他對小說選入新書中，自我要求非常嚴格，常常淘汰自己不滿意的；然在我們看來，比諸今天一些所謂的「嚴肅」小說，藝術造詣不知高出多少！每一次，當獲益負責人蔡瑞芬向他誠摯地約稿時，過不久，劉以鬯、羅佩雲夫婦倆就會端出總是令人驚喜的好東西出來。可以想像，劉先生早期的創作量之多的確非常驚人。

《甘榜》還收了兩篇值得注意的歷史小說《迷樓》和《北京城的最後一章》。前者寫隋煬帝的荒淫無度，最叫人不可思議的是，劉氏一向謙虛地自稱對中國歷史、對國學、古典文學涵養不足，然《迷樓》對皇宮環境、氛圍的逼真、細緻描繪，對有關史實不經深入研究肯定寫不出來；《北京城的最後一章》重現了清末民初時期兩面派袁世凱「總統」遭到全國人民反對、惶惶不可終日的情狀，將一個竊國大盜與人民為敵的反動、可恥嘴臉釘在歷史恥辱柱上，極為深刻成功。

新書《甘榜》書名固然大膽而富有創意，書內收入的小說，也包含了不同類型和風格的示范。對白、白描、內心剖析、環境氣氛的渲染、詩意文字的運用、情節的曲折性、驚奇結局的巧妙配合……都為文學性濃郁的小說提供了甚好的十分精采的參考文本。當然，我們不要忘了，《甘榜》的題材和社會價值：多篇小說以反映中下層的小人物生活、甘苦、愛情為主，很有社會性，地域更跨越南洋、香港兩地，在相當程度上成了頗有藝術價值的社會畫卷。

二零一零年三月二十日初稿
二零一零年三月二十一日修改

《熱帶風雨》出版說明

●東瑞

感謝劉夫人羅佩雲女士以及所有協助劉以鬯先生的朋友，促成了這一本書的出版。早就聽說過劉先生存有這一批稿，但時過半個世紀多，剪報已不易尋。劉夫人經過一系列曲折的尋覓、鉤沉，終於有了好消息。我們感謝大家都幫忙，也為一位有傑出文學貢獻的資深老作家，獲得文學界的關心而感動。「難產」的《熱帶風雨》便是一個證明。我們很慶幸又能為這本書的出版而盡力。

除了個別篇章，收在本集子的小說都是以「葛里哥」的筆名，於一九五八年六月到一九五九年七月發表於新加坡的《南洋商報》。那時劉先生每個月發表三至五篇，最多的時候如一九五九年四月，一個月內就刊了十篇，產量之多，小說質量之高，委實令人驚喜。為了供讀者了解，我們將發表年月註明在每一篇的文末，少數沒註明的，已無從查考了。

最初，劉以鬯夫婦交來的稿件原是六十六篇，由於篇幅關係，或剪報欠清楚，或內容有些雷同，我們徵得同意，抽出了其中十篇。即：《一個故事的九種結尾》、《男女之間》、《康樂亭畔》、《椰風蕉雨》、《在新隆夜郵車上》、《蝦池》、《對白》、《門內的秘密》、《買玉記》、《在六十號巴士上》。不過，現在所收的五十六篇，已足於看出劉先生觀察生活的敏銳仔細，只是在新馬生活五年（一九五二年到一九五七年）的劉先生，竟能寫出那麼出色精采的小說，近六十篇短篇小說，也是很珍貴的、了解五十年代新馬社會的文學縮影。

相信這一本書，海內外讀者都會喜歡。

二零一零年十月十五日

姿態和良知

——劉以鬯新書《熱帶風雨》出版有感

●東瑞

兩年前，劉以鬯先生出版《天堂與地獄》，那是五十年代初期香港海濱版本在近乎六十年後的再版，連封面都模仿早期那本。今年底，他出《熱帶風雨》，收一九五八年到一九五九年所寫的發表於《南洋商報》的短篇小說，大部分兩千字左右，共五十六篇。從來沒出版過，是半個世紀前所寫作品的首次結集。

一九五二年到一九五七年劉以鬯到新加坡編報，其中有一年是在吉隆坡做事。短短五年而已，卻在他一生中產生巨大的影響。他不但在此認識了現在的太太羅佩雲，而且讓他熟悉新馬社會，寫下了大量以新馬為背景、南洋色彩頗為濃厚的作品。那兩年中，他每個月發表三至五篇；最多的時候是一九五九年四月，一個月內就發表了十篇。我們相信，從這些小說的內容和寫法來看，屬於被劉先生稱為「娛樂他人」的作品，但一點兒都不馬虎交差，大部分都寫得很用心。

人稱余光中左右手一起開弓，一手寫詩，一手寫散文；劉以鬯呢，也是左右手拿筆，一手寫娛樂自己的，一手寫娛樂別人的。固然這是他的謙稱；實際上，他的所謂「娛樂別人」的小說，寫得並不差。「著書都為稻粱謀」的稿，像《酒徒》《對倒》等傑作，不都是成了經典嗎？因此，我們知道劉以鬯當年寫的最多的時候——十三個專欄，始終沒有誨淫誨盜，相反，他心中始終有一把尺，不予逾越。不像一些人，內容低級、文字粗俗，與出賣靈魂無異。

一個老作家，用筆寫出大量精采好作品，已不容易；寫到買屋子，一生安居，更不容易；進入晚年，不斷有半世紀前的好東西被挖掘出來，更是一種奇蹟。

前者，是作家的良知；後者，是因為劉先生大半生都為人作嫁衣裳（編輯），少有餘閒。《熱帶風雨》的出版和精采，讓我們浮想許多。

二零一零年十二月十日

半世紀前的南洋風情畫

——讀劉以鬯的《熱帶風雨》

●東瑞

劉以鬯的最新短篇小説集《熱帶風雨》出版了。《熱帶風雨》顯示了劉以鬯文學創作的另一種層面，標誌着他文學成就的又一高峰。

雖然《熱帶風雨》內的小説創作的時間已超過半個世紀，但寫作人視自己的作品為另一種意義的兒女，因此，寫過甚麼東西是不會輕易忘記的。問題是，當年的劉以鬯是高產的「寫作機器」，那些發表他小説的剪報堆滿了一屋，數量浩繁，很難查找整理出來。要不是劉太羅佩雲、小思、新加坡好友謝克等人的幫忙，這一本書更難產。劉以鬯從一九五二年到一九五七年到新加坡編報，一九五八至一九五九年就應李微塵先生的邀約，在新加坡的《南洋商報》以葛里哥的筆名發表了至少七八十篇短篇小說，這就是《熱帶風雨》一書稿件的基礎（只有少數不是在該報發表）。從每篇文末的發表時間可以看出，劉先生從一九五八年六月到一九五九年七月的一年時間裏寫得非常勤，少則每月發表三至五篇，多則刊出十篇，真是驚人！如果我們想到劉氏夫婦是在一九五七年結婚的，成家的責任催使他更加努力，創造力空前高漲和旺盛，那也就不奇怪了。

《熱帶風雨》的原稿原先多達六十餘篇。東瑞、瑞芬附在書內的《出版說明》有這麼一段：「最初，劉以鬯夫婦交來的稿件原是六十六篇，由於篇幅關係，或剪報欠清楚，或內容有些雷同，我們徵得同意，抽出了其中十篇。即：《一個故事的九種結尾》、《男女之間》、《康樂亭畔》、《椰風蕉雨》、《在新隆夜郵車上》、《蝦池》、《對白》、《門內的秘密》、《買玉記》、《在六十號巴士上》。不過，現在所收的五十六篇，已足於看出劉先生觀察生活的敏銳仔細，只是在新馬生活五年（一九五二年到一九五七年）的劉先生，竟能寫出那麼出色精采的小說，近六十篇短篇小說，也是很珍貴的、了解五十年代新馬社會的文學縮影。」

剛於二零一零年六月出版《甘榜》的劉以鬯，不到半年又出版了《熱帶風雨》，意義不同凡響。在此之前，我們讀多了劉以鬯藝術性甚高的實驗小說如《酒徒》《對倒》《打錯了》等，如今，新推出的這一本厚達三百三十六頁的短篇集，便會領略劉以鬯「娛樂他人」小說的特徵，原來也一樣寫得不俗。要說有甚麼不同，那只是小說完全以新馬社會為背景，小說多了新馬鄉土色彩，作品的情節更豐富曲折，且多數小說結構布局更是精巧，常設計了驚奇結尾。劉以鬯創作這些小說時正值壯年，文字精煉，小說手法嫻熟，小說意識很強，令人嘆為觀止。我們有理由相信，因為這一本書，大大增加了新馬文學的豐富性和香港文學的異域性，從作品反映的社會內容，完全可視為新馬華文文學的「文海鉤沉」。在新馬的華文文學史中，應考慮為其中重要的一頁。

從《熱帶風雨》五十六篇小說中，我們可以看到劉以鬯短篇小說題材的多樣化。作為書名的《熱帶風雨》是全書最長、也最能代表全書風格的一篇，長達一萬字。故事敘述一個在新加坡讀書的華人青年學生到「甘榜」參加親戚的婚禮，邂逅了絕頂美麗的馬來姑娘蘇里瑪，兩人彼此傾慕，然而因為蘇里瑪的父親欠了魚蝦行的頭家鴨都漢密一條數，強迫蘇里瑪嫁給了已有四個老婆的這個頭家。令到「我」極度失望。他們再度見面時，蘇里瑪剛好行過儀式，卻未正式過門，蘇里瑪希望「我」帶她遠走高飛，「我」礙於法律，猶豫不決，這時她決計逃走，頭家派人追捕，蘇里瑪逃到深山老林，最後被野獸吞噬。小說以詩情畫意的散文詩般文字，描述了異族男女的愛情悲劇，情節一波三折，電影感很強。還有一篇長達五千字的、在全書的地位也舉足輕重的小說，那就是《過番謀生記》。不過在新加坡五年生活而已，作者能夠寫出華人早年出洋的悲情，實在不容易。小說的亞祥，母親在十二歲時給他買了一個童養媳亞嬋，將來給他當老婆；過了幾年他就出洋了，在異鄉他娶了一個番婆。回鄉下看望亞嬋，不得不又回南洋。小說寫小兩口相聚的深情，感人至深，尤其是結尾，透過金水叔的嘴，道出亞嬋在鄉下天天癡癡地望着河水，在雨中孩子竟已死去。劉先生的千鈞筆力，寫出了普天下早期華人父輩因故鄉貧窮、不能不下南洋闖蕩的一頁血淚史！東南亞華人讀者不能不為他們的不幸遭遇同聲一哭！《瞬息吉隆坡》是寫開闢馬來西亞的華人先驅亞來的事跡的，在劉先生的小說中頗為罕見。

其他小說題材，我分為愛情婚姻、社會百態、下層民生、鬼故事、奇案懸疑等等。劉先生的文學觸角非常敏銳，社會的奇奇怪怪故事、新聞、聽聞，一經他運用鋪排，便常常能化腐朽為神奇，結構成頗有意義的篇章。尤其是他對驚奇結局的運用，到了爐火純青的地步，不失為華文短篇小說的典範。

《熱帶風雨》書末附錄訪問記《在酒樓與劉以鬯夫婦訪談》是一篇不可多得的資料，劉氏夫婦首次披露自己的愛的故事和婚姻，值得研究者參考。

新馬社會的出色文學書寫
——評劉以鬯短篇新集《熱帶風雨》

●東瑞

●五十年前馬來半島的風風雨雨

長達半個世紀之久的、「埋」在堆積如山的、泛黃發霉的故紙堆裏的珍貴稿件，終於被許多人挖掘和整理出來。居功至偉者，首推劉以鬯夫人羅佩雲女士。不是她花了幾個不眠的夜晚，就不可能有這一本書。當然，還有新加坡文學前輩謝克等人的協助、香港小思及其學生的幫忙，促成了本書的成功出版。

這一本書就是收入了以新馬為背景的、總共五十六篇短篇小說的、厚達三百三十六頁的《熱帶風雨》。書前刊出劉以鬯在今年香港書展獲頒「香港書展年度文學作家」、與香港特區政府財政司司長曾俊華合攝的照片、劉以鬯與夫人羅佩雲手捧鮮花的照片；最珍貴的當然是一幀劉以鬯攝於一九五二年於新加坡的照片；一幀劉夫人羅佩雲攝於一九五五年於新加坡的、穿着馬來「甲巴耶」傳統服裝的照片，將五十年代的味道濃烈地散發出來。在不止一篇小說中，劉先生非常欣賞馬來亞女性的傳統服裝「甲巴耶」，看來不是隨便刊登那麼簡單。書末，還收錄了曾經發表於《百家》文學雜誌的訪問記《在酒樓與劉以鬯夫婦訪談》（經修訂），披露了劉以鬯夫婦長達半個多世紀的經歷、愛情和婚姻，頗為珍貴。

《熱帶風雨》內的短篇，地方色彩很濃。出現了許多特殊名詞，如紅燈碼頭、中巴魯、吉隆坡、巴生、惹蘭勿剎、山芭、巴剎、勿洛海濱、柔佛、皇家山、牛車水……等新馬區域名稱，也出現不少當地的日常用語（馬來語和閩南語），如：粿條、過番、老虎紙、食風、頭家、財副、榴蓮糕、囉知、囉惹、羔丕、葛巴拉、隆幫、扣、鐳、甲巴耶等等，相信新、馬的文學愛好者會感到親切，引起強烈的閱讀意慾。

《熱帶風雨》以其題材的廣度、內容的深度、藝術的超卓「傾倒眾生」，相信讀過本書的讀者會手不釋卷，深為着迷。大部分小說兩千字左右，只是比微型小說略長，但感覺上反映面深厚得多；難得的是幾乎都充滿了懸疑性和安排了自然巧妙的驚奇結局。從文字表達形式看來，這一批小說可能會被劉先生歸為「娛樂別人」一族；但從各方面衡量，劉先生娛樂別人的小說竟然也比起一些人的嚴肅小說還精采。畢竟是大師，一出手就是不同。

●愛情模式：逃不出劉氏的文學魔術手

愛情是文學創作的永恆主題。愛情，是《熱帶風雨》五十六篇小說的一大題材。大家都寫愛情不出奇，最叫人不可思議的是劉先生超凡的想像力和構思。《美娣》《奎籠》《山芭月夜》都是寫愛情悲劇的，女主角最後都自殺了。但原因不一。《美娣》中的美娣是因為父親欠了大鼻趙一條數被逼婚，不能和心愛的亞瓜結成眷屬而跳海自盡；《奎籠》中的蓮娟長相醜，無法得到愛郎大吉的歡心而沉海；《山芭月夜》的情節十分奇特，一個被視為有暴力傾向的、父母婚變的、被禁錮在叔叔家中的大目李愛上美麗的亞鳳，有日她被大目李「劫持」到家中，他只是喜愛她而不想傷害她，不料警察包圍了他們，將大目李射死，亞鳳見大目李死去，用他手中的巴冷刀刺進自己的胸膛。原來他們深愛已久。愛情，當然也離不開夫婦變質的感情、第三者的介入和不足為奇的妒意。劉以鬯也處理得不凡，不落俗套。三個女性的死因都不相同，體現了劉以鬯對愛情和生命關係的多方思索。愛情和第三者、妒意有着千絲萬縷的聯繫，多篇小說也加以探討。例如《手槍與愛情》《這就是愛情》和《椰子述趣》都屬於這樣的篇章。《手》因為妒意而竟然動用了手槍；《這就是愛情》中的一對男女在相愛中，然而不同的興趣嗜好差點令他們分手，最後第三者和第四者的引入，反而成了一種催化劑，促成了他們的戀情的迴轉和成功。最妙的是《椰子述趣》，竟然採用了「椰子」的視角來開展小說的情節，而這個椰子「我」，又是女角亞蓮死去的丈夫的化身。他在高高的樹上聽到老婆和情人的情話綿綿，怒火中燒，立刻放下兩粒椰子，砸死他們。《半夜場》和《柔佛來客》都是和小老婆、情敵、家庭有關的，反映了愛和經濟、家庭的緊密聯繫，決不單純。《初戀》寫一個不足十八歲的亞峇不愛年紀相當的亞蝦，居然喜歡上她的母親三姑；另外一篇《父與子》，一對父母反對十七歲的兒子愛上二十二歲的女子，母親頗難接受，但父親默認，原來當年他們結合，也是女大於男四歲。《某種情感》寫的是一個已婚男子心有外騖，在某個時期昏昏沉沉地被一個女人迷住，難得的是能夠坦白地將他的特別感覺向太太和盤托出，太太努力地用了各種方法令他回心轉意。《咖啡店閒談》說的是海員對女人感情和肉體的要求和女性完全不同。最感人的是《老虎紙與兩顆心》與《黑色愛情》這兩篇。前者寫一位叫鴞頭的頭家在偏僻地區散發許多封放進鈔票的信封，用於考驗人性。不料一對男女先後將錢送還給鴞頭，在鴞頭家中邂逅，後來締結良緣。後者寫的是盲人的愛，盲人老闆大讚妻子的美麗，意味深長，令「我」大為感動。《春梅》中的兩個男子為一位生命只有一年的女子付出了愛，境界不可謂不高。縱然容易寫得庸俗的愛情題材，一到劉以鬯手下，也變得充滿深意和思索性。

●案件設置：懸疑的引力和精密的布局

劉以鬯不是如同日本式的推理型作家，也不是克莉絲蒂的香港男版，他的興趣在於文學性的創新和實驗；但是，在《熱帶風雨》中，就有一類是「奇案」。看來因是應報刊的要求而寫，娛樂娛樂一下讀者，難得的是這些奇案小說篇幅都很短，都不過是短篇格局，大大增加了這些「案件小說」的難度，但劉先生都寫得很精采，如《秘密》、《椰林搶劫》、《風波》、《遺產》、《鶚頭與巫七》、《十萬叻幣》、《花匠》等都是其中的表表者。這些短篇，推理性並不強，通常是營造一種叫您欲罷不能的懸疑氣氛，令您非讀完不可，非讀完無法知曉其結局。就在情節的推展中，作者已埋下了許多伏線。大多篇章，就在最後一段，猶如堤壩蓄水，水勢高漲，水猛然決堤而下！我們回味前述，忽覺合情合理，擊節再三！這批小說，大都佈置了一個非常奇特的故事或現象，然後讓你去苦苦猜度，幾乎沒有一次能猜中（可見作者頭腦裏充滿了文學智慧）。例如，《秘密》在男女主角新婚之日，接到一個小偷送來的、揭發多年前新郎槍殺前妻的告發信，還附來那把手槍……這樣的情節，除非您已喪失了好奇心，否則是不能不閱讀的。《椰林搶劫》將作案的角色安排於一個小孩子（侏儒）身上，誰也沒能料到。《風波》非常奇特，小說開頭，寫了一位太太被一個叫巫四的男人跟蹤，此人力言她的先生金獅是一個「沙特狂患者」，後來情節逆轉，真相叫人大出意料之外。《鴨頭與巫七》寫的是一樁謀殺案，情節撲朔迷離。《十萬叻幣》寫報恩故事，然而人海茫茫，無法尋覓到施恩者，徒留一個懸念。《遺產》在布局上引你走進歧途，最後的結尾發人深省，引發讀者對精神價值和物質價值的衡量，是一篇極有價值的作品。劉以鬯的「案件小說」和社會、經濟、人性等緊緊聯繫在一起，從閱讀角度上的感覺來說，充滿了十足的娛樂性，都寫得非常精采；難得的是又不乏社會意義，為時代和歲月流痕；因此，我們在解讀劉以鬯常提到「娛樂別人」一詞時，必須全面、準確和謹慎，無須貶低其價值。

● 濃郁人情：美好的心靈在灰暗塵世中閃光

到目前為止，許多讀者只知道劉以鬯以其充滿創意和實驗性的小說名滿天下，他小說中的人物，年紀最輕的至少也是少男或少女，他們大都情竇初開（譬如《酒徒》中的個別女性和《對倒》裏的亞杏），他的筆下，極少乳臭未乾的純真孩子。因此，讀到《榴蓮糕與皮鞋》、《生日禮物》、《梭羅河畔》、《蘇加》等短篇，筆者受到萬分的感動。《榴》中的「我」十三歲；《生》的主角十幾歲；《梭》中的「我」十四歲；《蘇》的主角尤疏夫十餘歲……這幾篇小說無論是用全知觀點還是孩子的視角，都寫得純真溫情，感人至深。他們幾乎都是窮人家出身的孩子，過早的生存憂患令他們早熟，令他們對艱難的世道和成人的處境有着驚人的理解和同情。最叫人感動的是《榴蓮糕與皮鞋》，小說寫「我」（孩子）與二叔之間圍繞着榴蓮糕和皮鞋一食一物的關愛和感情，深刻溫馨，亦屬不可多得的優秀兒童文學。《生日禮物》寫孩子愛護小動物的美好心靈，也頗生動；《梭羅河畔》也以十四歲的孩子視角寫出，通過孩子們懷念父親和他所吹的口哨《梭羅河畔》的情節，體現了血濃於水的父子親情。《蘇加》將養子和養狗比較，也寫出孩子的純真和同情心。

寫中下層小人物在生活線上掙扎的篇章，大都有一個女主角在其中，圍繞着她展開故事。這些小說有《伊士邁》、《巴生河邊》、《惹蘭勿剎之夜》、《出賣愛情》、《牛車水之晨》、《絲絲》等，這些作品，大都用對白展開，大都有一個不幸的、不得不做一些非自己願意做的事情的女主角，也大都有一個驚奇結局。這些結局，或者是人物身份的揭露，或者是事物真相的展示，或者是生命的結束，或者是人生的喜劇……情節、故事味都極強。

● 人海騙局：以精緻結構寫出的警世恆言

在《熱帶風雨》中，有一類是寫社會騙局的。小說用一種滴水不漏的技巧，不動聲色地將人物徐徐帶出，也以很自然的傳統情節發展，將小說慢慢寫下去，到了結尾，才將騙子的騙局揭示；有時，案中有案、故事癥結、「戲眼」也都放在末尾，叫人有種恍然大悟之感。這批作品包括《女朋友》、《巴刹裏的風波》、《勿洛之夜》、《馬場喜劇》等篇章。其中《馬場喜劇》案中有案，甚為巧妙。《在公館裏》寫賭的危害，《酒徒》講酒的累人，都具有現實意義。

● 罕見題材：文學大師對人生的廣泛關懷

在《熱帶風雨》中，劉以鬯寫了好幾篇在他以往小說集裏從未寫過的題材。例如寫日本進襲新馬年代發生的故事《甘榜小事》，竟是以一隻叫「班映」的狗為視角的，故事雖短，卻對日本兵的殘暴和當地居民的善良作了鮮明的對照。《瞬息吉隆坡》是以對開發馬來亞有着「開發功臣」之稱的華人葉亞來的事蹟為素材的，是一篇小型的人物傳記。同一背景的，還有為早年華人出洋謀生書寫出其血淚史的《過番謀生記》，寫法雖傳統，但時空的跨幅大，完全堪稱縮影了的長篇，或不失為電影文學提綱。寫得很有散文詩韻味的、長達一萬字的同名小說《熱帶風雨》，是全書的代表性作品。一方面它以異族的愛情為題材，觸及東南亞諸國最敏感的話題。另一方面，此篇小說文字講究，以散文詩般詩情畫意的語言開卷：「團圓月，像盞大燈籠，掛在椰樹梢，又圓又亮。椰樹有猴啼。深夜的熱帶風，正在芭蕉葉上摸索闃寂。我剛從惡夢中驚醒，望望窗，窗外有流星墮海。」以殘酷的景象作結：「……幾隻老鷹在林上打圈，有的哇哇亂叫，有的俯衝入林，據眼光銳利的年輕人說，那些老鷹從林間飛起來時，嘴上還咬着染血的肉塊！」感受逆轉，意味深長。此篇將異族愛情、信仰、經濟、傳統等元素融合起來，書寫了一齣東南亞淒美的愛情悲劇。《皇家山遇艷》迷離；《街戲》詭異，沒有人想到劉以鬯寫起鬼故事，比起一些人一點兒都不遜色！

在全書的五十六篇短篇中，除了《熱帶風雨》、《過番謀生記》內容厚實、筆力萬鈞之外，本人也偏愛《榴蓮花落的時候》、《新馬道上》、《頭家》、《藍寶石》、《粿條檔》幾篇，其結構渾融，技巧圓熟，令人擊節讚歎。還是賣個關子，讓讀者自己慢慢欣賞吧。

《熱帶風雨》中的近六十篇小說對新馬五十年前的社會、風土人情做了多層面、多角度的充分、精采書寫，相信會引起讀者的濃厚興趣。

二零一零年十一月二十四日

《熱帶風雨》中的十篇「最愛」

•東瑞

《熱帶風雨》是劉以鬯的新書。但全部寫於半個世紀前的一九五八年至一九五九年；也幾乎全部以當時的新、馬社會為背景，體裁都為短篇小說，共五十六篇，除了個別篇章之外，絕大部分都發表於新加坡的《南洋商報》。

身為本書的編輯和該書的第一個讀者，我將該書讀了好幾次。如要我從中選出我心目中的十篇「最愛」，會是哪十篇呢？多次反覆挑選，頗難分名次，名單是《榴蓮糕與皮鞋》、

《榴蓮花落的時候》、《新馬道上》、《粿條檔》、《藍寶石》、《老虎紙與兩顆心》、《黑色愛情》、《熱帶風雨》、《過番謀生記》、《頭家》。偏愛的理由是，這些小說，是劉以鬯以深入淺出的文字，精湛巧妙的藝術技巧，新穎不俗的構思布局，充實豐富的生活內容，寫出的富有現實意義和內涵的文學作品，較之其他一些篇章，給人更深刻的印象。

● 仍未在滾滾世塵消失的美好人性

小說寫人物，在大體上無非「分」為三類：良、惡、中間。當然，具體寫來，並沒有那麼簡單，小說人物和現實的人一樣，總是比較複雜的。以類型來說，寫「惡」者總是比較容易，而寫「良」者就難得多。就像「好事沒人說，壞事傳千里」「學好很難，學壞很快」一樣，世道就是那麼怪！劉以鬯的《熱帶風雨》不少是寫中下層小人物的，也有一些是寫社會騙局的，可以說，在相當程度上，非常真實地反映和重現了五十年代初期東南亞社會的狀況。但那個年代，距離今天已有了半個世紀之久，有些人情和人性，已與今日不同了。原來，人情和人性，無不與科技、政治制度、經濟、地理位置、氣候、宗教等等因素息息相關。五十年代的新馬，相對於今天，都比較純真、忠厚和老實。劉以鬯在這本短篇小說集中，就有好幾篇寫得動人心弦。沒有人知曉劉先生寫過精采、不比香港今天任何一位兒童文學作家遜色的兒童文學作品。譬如那篇《榴蓮糕與皮鞋》，當時大概沒有意識到是甚麼體裁的。小說不但以十三歲的孩子為視角，而且藉一件很普通、常見的買榴蓮糕與皮鞋的經過，表現了「我」（十三歲男孩）和二叔之間互相關愛的關係。「我受二叔委託，到一間兼賣皮鞋和榴蓮糕的小舖子修補皮鞋。他先買下了自己喜歡的榴蓮糕，可是當要為二叔修補皮鞋時，皮鞋已壞到不能修補了，他決定給二叔買一雙新皮鞋，跟小舖老闆求情，退回榴蓮糕，改為買雙皮鞋。可是二叔的錢加上他的買榴蓮糕的錢，加起來還差一點，他第二次向老闆求情，老闆最後還是被他感動了，給他換了。回家，二叔十分感動；他忽然拿出一盒榴蓮糕送給「我」，原來當初有一個孩子走過二叔家逗弄他家小狗時，將手上的榴蓮糕吃得津津有味，「我」問他在哪買的對白全被二叔聽到了。二叔叔將家中小狗跟他換了榴蓮糕。出奇不意的驚奇結局，不是特別而為，卻是有力地表現了下一代對長輩的「孝敬」和上一代父輩對下一代幼輩的「慈愛」。可以說，因為情節的設置恰到好處，「孝敬」與「慈愛」成了兩大文學母題，水乳交融地在一篇小說中結合了。《榴蓮花落的時候》寫得頗為巧妙，作者演戲，小說中的人物張牧師和張太太也在演戲。小說從「我」來找張牧師寫起，未找到之前，就在張氏家（亞答屋）屋內，看了一齣「戲」，一個六十開外的老頭子跟一位叫黃亞嬌的女人在喜相逢，老頭子對「我」說，亞嬌是他的老情人，每年在榴蓮花落的季節，他總要來廖內島看望亞嬌。老頭子在對着「我」訴説他們的情史、不能結合的遺憾、向亞嬌表達當年移情別戀、愛上富家女的遺憾與辜負她的內疚……一直到老頭子走了，門房閃出一個人，「黃亞嬌」説，這是「我的丈夫」，而她也不是黃亞嬌時，「我」才大為驚愕。原來，真正的亞嬌早就死了，她也不是甚麼好女人。老頭子早年是海員，不如意的婚姻使他每年都要來「看」亞嬌一次。亞嬌死去後，張氏夫婦為了安慰老頭，給他晚年一個寄託，張牧師就讓太太扮亞嬌。但這一切，遠來的老頭怎麼沒能識破呢？原來，老頭是一個瞎子。小説將驚奇結局安排在末尾，倒不是甚麼故弄玄虛，根本上，這結尾的揭示，恰恰是全文的支撐點或稱「根本」，假如老頭不是瞎子，小説變成了沒有可能。讀過小説，回過頭來深思一下，我們感覺到了濃郁的人情味，也只有在下層小人物身上才可能發生這樣的「成人之美」的好事。人生的事，不如意者十之八九，對於一個沒有了甚麼寄望的老人來説，騙一騙他又有何妨？究其動機，出諸人與人之間溫暖的關懷、對於老弱者感情寂寞的精神撫慰。

同樣叫人感動的是《新馬道上》和《藍寶石》。前一篇，寫「我」前往馬六甲一家雜貨店工作，在長途巴士上遇到了一位二十歲上下的女孩。她身上大包小包的帶了許多東西，「我」因幫忙她拎東西而相識，一路上談話談得甚為投機。女孩講故事給「我」聽，他們中途一起在咖啡店吃東西，上車後下雨變寒冷，「我」還為她加衣，不久，「我」小寐，發現她的手在掏「我」的口袋。由於袋內沒有多少錢，加上她必然是生活窮困才幹此行當，「我」也就沒揭發她。她下車時，還幫她拎東西下去。回到座位，作者開始往口袋摸索，讀者開始緊張，到底「我」被扒走多少錢？但出乎意料，摸出的是一張紙條，包着一張五十元鈔票，上面寫着因為見到「我」鞋子破了，衣服的領口也壞了，身上還有當票，估計「我」處境不好，雖然錢沒多少，希望「我」去買一件襯衫和一雙鞋子。《藍寶石》藉買珠寶的經過，訴說一位孟加厘寂寞老年人（珠寶店老闆）送珠寶給顧客（我）的奇特故事。這樣的事，似乎有點不可信，但也被作者劉以鬯寫得合情合理。這是有關「聆聽」的故事。一位老人，喜歡講講自己的身世和故事，但很少人願意聆聽，因此才有奇遇。小說以兩條線開展，一條是新加坡通老陳對「我」的「購物經」式的吩咐，一條是店主的「閒談對象選擇」，同時進行的驚人結果是末尾店主對我的贈送，理由就是「為了你肯這樣耐心地聽取一個老年人的廢話！」《新》寫對窮困者的同情心，《藍》寫聆聽寂寞心聲的傾訴，也是一種美德。劉先生的文學表達方式，都不落俗套。

小說要寫得好看，寫得感動人，本是文學作品的功能之一。但不知怎的，慢慢地，現代的小說變得晦澀難讀，人性的美好，也從文學作品中漸漸淡出了。因此，劉先生的《熱帶風雨》太值得我們細讀，並推薦給今天的年輕人閱讀。

●小說富有技巧的表達有助於作品內涵的深刻

有些人誤會，以為傳統小說沒有甚麼閱讀價值和文學價值，其實，只要用心布局、精心經營情節，不僅可以增加作品的可讀性、閱讀興致，而且能夠令小說的內涵深刻化。不像現今有些人，喜歡將小說寫得高深、難於閱讀。當然，隨着時間的推移，小說應該像劉以鬯那樣寫得與眾不同；但我們不能脫離時代和環境，否定二十至五十年代那些名家獻出的精品。劉以鬯半世紀前寫的結集為《熱帶風雨》的一批小說，手法大多數比較傳統，但並非平鋪直敘那麼單調，而且大部分都不是平鋪直敘。驚奇結局固然是劉以鬯非常喜歡和常用的小說手法，但不是僅此而已，他還有很多小說值得我們稱道和學習。例如《老虎紙與兩顆心》、《黑色愛情》、《粿條檔》、《頭家》都寫得相當精緻，叫人擊節再三。劉以鬯的創意實驗小說寫得篇篇不同，傳統小說也寫得篇篇有別；娛樂自己的小說部部成為經典，娛樂別人的小說本本寫得精采。就以這四篇為例吧！

一線分兩頭，兩線又回歸一線。這是《老虎紙與兩顆心》的結構，作者寫得引人入勝。說是傳奇故事，確有點傳奇，妙在用一個叫葉鶚頭的寂寞富豪，單身一人，非常孤獨，在大除夕，他帶了一批貼上自家地址、內裝一百元叻幣（老虎紙）的信封散發到新加坡的偏僻地區。他想考驗一下人性，看一看會否有人撿到會送回來給他。沒有料到，世界上真有老實人，在大初夕深夜時分把錢送回來。先是一個叫楊非凡的男青年，接着那麼巧，又一個叫余水娘的少女也將錢還回來。葉鶚頭大喜，不但請他們共進晚餐，而且與他們聊天。老年人非常開心，感覺到我們社會老實人還沒死光，人性的真善美終於得到了考驗。兩個年輕男女也有好的回報。三個月後，葉老頭接到了他們結婚的喜帖。葉老頭也送了一份純金鑄「兩顆心的結合」的喜幛。好心有好報的題旨，劉先生表達得叫人渾然不覺。

特殊場景的設置，達到不同的效果。小說用瞎子，也用黑暗的氛圍傳遞可以以心傾聽美麗，愛情也有顏色的哲理。《黑色愛情》很短。視角是「我」，主角是「我」的瞎子表弟亞卿和他的太太秀珍。早在以前，「我」就經常地聽到亞卿不斷地稱讚妻子秀珍如何美麗，如何可愛，如何大方，感到奇怪；「我」到加影時，順道去探望表弟夫婦。那一個夜晚，沒有想到因為暴風雨而全市停電，唯一的半截洋燭也不見了。他們只能在黑暗中談話。作者一直無法見到秀珍的廬山真面目，但秀珍的談吐也讓「我」感到了她的美麗。顯而易見，作者用「停電」後的「黑暗」將自己類比亞卿看不到妻子的處境，發現了「盲人也可以看見事物」的真理；心，也可以傾聽美麗、黑色的愛情也可以很美麗等等哲理。「停電」是神來之筆，「黑暗」的設置包含了多種意涵。小說，只寫了約一千五百字。

以對話推展情節，交代內容，刻畫人物個性。《熱帶風雨》五十六篇小說絕大部分都有個叫人出乎意料的結局，情節開展中，十之八九用了對白。《巴生河邊》全文幾乎都是兩人的一問一答。《頭家》則比較特別，全是照錄亞憨的電話內容。本來對話是傳統小說常見的手法，通過對話推展情節；但很少像劉先生那樣，將它的文學功能發揮到如此淋漓盡致的地步。《頭家》用仿似照錄主角電話對話內容的技巧，將一個三次打劫的男孩的愛母親的親情和人性表現得活靈活現。雖然，只是兒子亞戇單方面的、長篇大論的對話，但也可知道他的母親在說些甚麼。正如你坐在一位講電話的人的旁邊，僅聽單方面的話語，也可以推測彼此講話的大致內容一樣。小說到三次大段講話內容結束，突然急轉急下，一位警察和兩位馬打已在外面等他，用手銬將他銬住。一個看熱鬧的人回答別人的問話：「這個傢伙，年紀輕輕，卻專幹打劫，今天已經是第三次了！」此篇全用對話展開的小說，讀來輕鬆，猶如偷聽人家的私隱，結局效果卻是極度震撼的。

取材不妨很世俗，但內涵可以很深刻。《粿條檔》將外觀美和才藝作了令人會心的比較。選美的話題從未曾冷過，有人就認為那是將女性當商品，表面上說的標準是內在美和外在美的統一，但日久才能見人心，才能見證內在美；選美的時間和空間都極之有限，所謂的「內在美」少不免落於空談。劉以鬯的小說不喜歡故作高深，其中《粿條檔》可稱極為典型。小說仍然以「我」（食客），為視角，描述了粿條檔廖老闆和他的女兒亞香炒粿條的故事。廖老闆手藝好，加上漂亮的女兒幫他，生意做到火爆，他一直堅持這是自己炒得好的緣故；一次，美麗的亞香感冒，在家休息了好幾天，生意馬上一落千丈；人家勸他讓亞香主持炒粿條的事，他就是不肯，一直到自己病了，讓女兒去炒，大出意料之外，她的手藝很壞，又鹹又黏，難吃極了。「但是大出我意料之外，粿條檔的生意特別好。」我相信很少人以這樣的地點背景，來體現這麼高深複雜的命題。劉以鬯的創意果然非同凡響。

●長篇的濃縮化和文字的詩化

《熱帶風雨》一書以其中一篇同名短篇《熱帶風雨》為書名，長達一萬字，是全書最長的一篇，堪稱最具代表性；《過番謀生記》五千字，也屬比較長的一篇。兩篇文字不但精煉，而且優美，充滿詩意。《熱帶風雨》寫華族青年和馬來少女蘇里瑪的戀情終於以悲劇告終，淒美一如長篇抒情詩，乃劉以鬯小說中較少見的品種；《過番謀生記》是小型的華人出洋血淚史，雖然篇幅不長，但寫來筆力萬鈞，不讓那些專門寫華僑早期苦難的作家專美。劉先生在新馬不過五年（一九五二年至一九五七年），就那麼敏捷地收集資料和捕捉題材，令人不能不欽佩。《熱帶風雨》格調通俗而決不庸俗，看來屬於作者所說的「娛樂別人」的作品，其實細讀，也充滿了相當的現實意義和文學價值，值得閱讀和欣賞。

香港住屋浮世繪

——劉以鬯《香港居》編後記

●東瑞

劉以鬯的長篇《香港居》，二零一六年七月首次由香港獲益出版事業有限公司出版成單行本。

《香港居》最早以連載形式發表於香港《星島晚報》，時為一九六零年七月十七日，迄今已經超過半個世紀。令人感動和驚訝的是，儘管時間過了那麼久，香港的居屋狀況雖然發生了巨大的變化，但「香港居，大不易」的問題依然存在，只是其內容已經完全不同了，因此，從研究香港居屋問題、居屋文化的發展軌跡這個角度和意義來說，劉以鬯先生這本書提供了至少五十年代到七十年代中期三四十年間香港居屋狀況的形象資料，富有相當的社會認知價值。這與《島與半島》反映一九七二年至一九七三年香港金融風暴下的經濟危機一樣，都是研究香港本土文學不可或缺的重要文學作品。

《香港居》書名源於「長安居，大不易」。唐朝大詩人白居易在未滿二十歲時，曾經拿着自己的詩文去謁見顧況，顧況以其名戲之曰：「長安百物貴，居大不易。」劉先生活用這個典故，將地名改了，非常巧妙，已經沒有當年顧況開玩笑的意味，但香港居的的確確是「大不易」的。尤其是從上世紀八十年代到本世紀這十來年，香港樓價猶如斷線的風箏一路飆升。人們談樓色變，大學畢業生成家後無法立業（解為物業）。因此《香港居》的面世，很有意義，讓今天的人們進入《香港居》一書內，看一看當時的民生是怎樣的，不失為有意義。

《香港居》以第一人稱「我」的視角來書寫，這個「我」的職業是「寫稿人」，為好幾家報館所約，每天需要寫好幾個專欄供給報館刊用或連載。除了「我」之外，還有我的「妻」和一個年紀幼小的女兒莉莉。「我」一家憑着稿酬維持生活，「我」寫稿需要一個較安靜的環境。一家人就為「住」的問題輾轉港九，先是從三房客變成二房東，再從二房東恢復到三房客身份。《香港居》裏的「我」的身份很接近劉以鬯先生。這也縮短了與讀者的距離感，我們讀來感到很親切，劉先生在書寫的時候，也有其方便之處。

《香港居》故事的特別在於，找屋、租房難不純粹是租金的高低問題，更重要的是「業主、二房東和三房客」三者相處的關係和涉及到的利害關係問題。《香港居》恰恰就以此為重要中心，將「不斷找屋、租屋、搬屋」與「同一屋簷下」人與人的相處時出現的問題交纏在一起，而這種「相處」和「交往」又呈現不單純甚至複雜的局面。在劉先生筆下，「我」幾次的租屋，接觸了一個又一個人物，基本上分為四家，第一家為潘承富、周小瓊（潘太）、徐玉珍、徐玉香；第二家為謝春生、莎梨、啤仔；第三家為章泉、傅立珍、金玉花、麥剛、趙先生、南茜、陳含英；第四家為周美玲（趙太）、馮士銘、黃美娟（馮太）、簡珠、葉新、孟珍、鍾太太、李亞九、黃阿狗……他們中有業主、二房東、三房客、舞女、大老闆、文員、華僑學生等等，他們以「同屋居」成為幾個「群組」（小説內）的人，像走馬燈似的在「我」身邊、眼前走過。幾乎每一個人都有故事，這些故事大多數與不太正常的男女關係、婚姻、金錢、愛情有關，堪稱香港居屋的浮世繪。

《香港居》具有幾方面的特點。一是真實。全書總共分七章。「我」一家只是搬了兩三次家。劉先生五十年代從南洋回香港後，曾經經歷過香港居屋之難，因此寫起香港「居屋」文化自然是相當熟悉，寫來相當逼真。同一屋簷下小人物的悲喜，作者寫來傳神生動。例如馮士銘的慘死、周女士的自殺等讀來都頗為驚心動魄。鍾太太夥同兩個同夥出老千騙周女士的經過，更寫得滴水不漏，緊張曲折。那些打麻將的老千手法，就寫得具體深入。二是簡潔。《香港居》基本上用對白推展情節。劉先生的對白寫得相當好，除了推展情節，還有助於刻畫人物的個性。三是「我」這個人物的設置很有意思，其所起的作用也與一般小說裏的單純敘述不同。「我」除了擔任小說故事的敘述者之外，也作為小說人物之一介入故事裏，而且舉足輕重。四是富於情節性。劉先生是講故事、編故事的好手，雖然在當時連載小說都是「現炒現賣」，但從小說中看不到那種「趕」的痕跡。人物性格鮮明，情節脈絡分明。這不能不佩服他。

《香港居》在劉以鬯先生出版了十幾部重要作品後才第一次以單行本出版的面目與讀者見面。看來原屬於劉先生「娛樂讀者」的作品，與《吧女》類似。如今讀來，我們覺得《香港居》《吧女》等等都屬於香港文學裏的嚴肅作品。《香港居》裏「我」和「妻」正直善良，對眾多人物身上的真善美品質及人性中假惡醜、貪婪、寡情等等劣根性都有所褒貶。從技法來說，採取的是深入淺出、雅俗共賞的大眾喜聞樂見的形式，比較起那些沒有時代氣息，沒有社會價值的商品文學，顯然高很多層次的。因此「娛樂自己」和「娛樂讀者」其實只是劉以鬯對自己創作的簡單劃分和嚴格要求。這使我們想到古今中外的不少文學作品，最初是被當着流行的、大眾的文學作品，在漫長歲月的考驗和淘洗中，漸漸轉換和改變了身份的層次和低俗的宿命，走上了文學的大殿堂。

最後，我們想説的是，《香港居》一書的出版必須感謝劉以鬯太太，也要感謝獲益的蔡瑞芬，劉以鬯的書都是她主動邀稿出版的。近年劉先生不少新書的出版，其原稿都不易尋覓。沒有保存的，需要到各大圖書館尋找，保存的往往又壓在家裏書堆最底下。如果不是劉太太羅佩雲女士的努力，劉以鬯先生的書列裏，實在會少了一些精彩，劉以鬯的粉絲會少了很多好書閱讀，而香港文學的長廊裏就會少了重量級的作品。

二零一六年六月

《春雨》閱讀札記

●東瑞

《猶豫》的色彩

劉以鬯的短篇小說集《春雨》包含九篇小說，其中再次將中篇《猶豫》收入，雖然《一九九七》中已收有這篇小說，但《一九九七》運來香港發行的數量不多。兩次收入集子中的小說，有理由加以重視，然而更重要的還在於小說的素質。黃傲雲曾在題為《香港色彩的文學》的文章中，提到「地方色彩」應該包括的因素：地方的氣氛、社會的背景、人物的形態、文化的內涵與歷史的根源等，我以為概括得甚好。《猶豫》恰恰在這些方面，有出色的表現。

就是說：《猶豫》是純粹的香港文學作品，極富香港色彩，不熟悉香港社會生活的人寫不出來。小說既有社會的闊度，又有人物心態的細緻刻劃，呈現一種濃郁的地方色彩。小說的基本表現手法，是「用小說人物的思想去推動情節」，也可以稱為以人物意識之流動組成小說，頗能引導讀者隨人物思潮的起伏而共鳴。

絕不單純，那是因為人物心理的細密變化融入了大量的社會生活的內容，涉及面廣。和《酒徒》稍不同的是，《酒徒》中人物醉眼看社會和人生，物象形態多變形扭曲，寄寓了作家的憤慨；《猶豫》中的「我」卻是一位來港探親的婦女，用的是一種「初到實境」的角度，她的視角、想法、感受在相當大程度上是香港社會生活的折射和反映。僅舉一個細節來看，女角為尋找一份工作，小說就寫了四頁，一邊列出香港五花八門的職業名稱和條件，一邊寫出人物的考慮。小說很長，但不用一句對話，思想活動是和現實場景交叉的，間或跳躍，但整體來看，卻是有一條主線貫穿，那就是女角的去留。表面上寫人物的猶豫性格，內心常陷入矛盾境地，實質上，是借人物描述反映了香港社會現實。這現實是極其複雜的。這樣的小說只可能由對香港社會本質有比較深刻認識的作者來寫，和那類缺乏地方色彩、「放之四海而皆準」的小說不能同日而語。《猶豫》堪稱一篇典型的成功的「香港色彩的作品」。

郵票故事

《珍品》寫得並不太短，寫作年代是一九七二年。雖然小說沒有交代社會背景，但誰都知道，七十年代初期，曾在海外掀起一股「中國熱」，這種熱包括了中國功夫熱、陶瓷熱、玉器熱、搜集中國郵票熱。這最後一項，尤以搜集中國珍郵、某些內地政治人物郵票為甚。某人出事後，有他頭像的郵票被禁，跡近絕響，曾在海外翻起一股爭購熱和收藏熱。在印尼，曾經一度一枚某人頭像郵票可換一部汽車。

郵票歷來有價，名郵珍郵經濟價值連城，它名正言順地被列為擁有者的財富之一項。我們如果明白了這些情況，就有助於對劉以鬯短篇小說《珍品》的欣賞。

和《猶豫》恰恰相反，《珍品》主要是以對白推展情節的。對人物的心理，也作了簡潔的、恰到好處的描繪刻劃。寫得暢順好讀。

素材的選擇似乎很「小」，不過是由一枚珍罕的慈壽票引起。然而衍生和充實了豐富的情節，寫了約一萬三四千字。如果簡單地說，好像幾句話可以說完：岑恕想出賣那枚珍郵，以作還債之用，郵票店老闆無意間將它弄壞了，兩個人就爭吵起來。後來來了一個第三者——瘦子的介人，問題也不能解決。

最後，小說在沒有賠償的情況下結束。

小說的成功，在於通過一枚郵票，細膩地刻劃了三個人物的性格和心理變化。老闆的無奈，岑昶的憤怒，瘦子的兩邊不討好，都使人留下了深刻的印象。情節雖然單純，但起、承、轉、合俱備，有波瀾、轉機，因而能緊緊吸引讀者。最初，讀者也無法分清應將同情給哪一邊，若讓讀者來解決我想必然也棘手。但小說情節發展到一半，老闆多次施小計、布陷阱，用心險惡，則已使讀的人對他產生厭惡感了。

《珍品》中有許多有關集郵的知識和術語，這可憑作者的熟悉做到。最重要的是，透過郵票，刻劃了人性中好鬥、不相讓、暴戾、陰險的一面。他們有時倒不怕耗費精力和重複那些令人厭煩的話，為的是置對方於死地，缺乏了諒解之心。從這點看《珍品》，十分有意義。

十四主角

劉以鬯的短篇，經他收進集子中的，技巧和手法可說沒有一篇是相同的。

《動亂》收在《寺內》，已讀過。此番又收入《春雨》（香港華漢版）一書中，頗見作者的偏愛。這次我又重讀，產生了一些新的感想。它使我想起劉以鬯另一短篇《鏈》。那篇《鏈》有一個鏈式的小說結構，而《動亂》截然不同，它是「多主角」分別「自述」式的。重讀時竟感到新鮮，證明著形式創新的生命力。

《動亂》的內容已在篇名表明，就是寫的動亂。最末一句話「這是一個混亂世界。這個世界的將來，會不會全部被沒生命的東西佔領？」是畫龍點睛之語，也是弦外有音的。

小說的十四個「主角」分別是：吃角子老虎、石頭、汽水瓶、垃圾箱、計程車、報紙、電車、郵筒、水喉鐵、催淚彈、炸彈、街燈、刀、屍體。它們「各說各話」，但說的都是與同一時間發生的動亂有關的專情。在這場動亂中，因為它們身分各不相同，有遭傷害的，有被利用的，也有徹底被毀滅的。但無論是哪一種東西，都有力地為「動亂」見證。十四種角度遠比一種角度（比如路人的眼睛）可以更全面更深刻地將一場動亂的危害性、可怕程度描繪出來。這其中，以街燈所看到的最多最全，所以它說：「對於這天晚上的事，我看得最清楚。」

讀這篇小說，又使我回想起內地的動亂年月。除了內地所沒有的（如吃角子老虎）外，這篇《動亂》又何嘗不適用？作者通過十四種不同物體（其中僅人有生命，但也已變屍體）的視角，將動亂造成的混亂畫面描畫出來，提醒人們警惕，動亂是野蠻行為，惡果不堪設想。

十四種角度（視角），當然必須切合「身分」，它們該看到甚麼，不能看到甚麼，作者是嚴格把握住的。這裏面有相同的，也有相異的。例如催淚彈「最具權威」，能飛天，所以能看到商樓大度視窗裏的眾生相。可以說，每一個細節絕不馬虎，作者煞費了苦心，將十四個主角放到了它們最恰當的位置，「各守本分」。因此，它比一種角度更真實深刻地反映了動亂。

象徵和思緒

《春雨》寫於一九六八年，也是第一次收入《春雨》一書中。目前還罕見有關的評論。讀《春雨》時不禁使人想起劉以鬯另外兩篇小說《第二天的事》和《吵架》。三篇小說有其異同之處。《第二天的事》主人公意識的流動環繞對一個少女的想像和幻想，有比較明顯的清晰的線索可尋；《吵架》沒有人物，只寫吵架過後的場景，頗似舞臺劇本的「佈景描寫」。但最大的區別在於那些「佈景描寫」只交代陳設、有關道具，有助於不看戲而唯讀劇本的讀者瞭解人物及劇情。作為小說的《吵架》卻可以讓人從精心細繪的「畫面」推測和分析人物個性、背景、事件始末。《春雨》沒有人物，這一點和《吵架》相同，但《春雨》是寫思緒的流動的，這一點又和《第二天的事》相同，而其獨特之點是借用了自然現象，主要是兩景的描寫，插入了混亂的思緒，反映一個動盪的時代。

《春雨》寫雨勢的強弱微變，也十分細緻。細讀括弧內的聯想意識，未必和雨景有甚麼緊密的必然的聯繫。然而從行文中，看得出來，世界是在動盪著的，「思緒」有著明顯的不安色彩。這正是寫意識流動文字的一個重要特徵。即：不規則而有一定傾向。意識流在文學作品中之所以被運用，恰恰因為在某些時候，它似乎比一些「正常思維」的心理描寫能更複雜更真實更深刻地反映人物的下意識。

從《春雨》中那些夾敘夾議的思緒描寫文字中，看得出來，作者是關心時局發展的人。文學不該被政治利用，這是對的，但文學家而不關心政治，勢無可能。《春雨》中在寫到混亂世界的種種時，也發了些議論，這些議論充滿機智和理性，凝煉簡潔。如：

「野心像一朵有毒的花。」

「這個世界並不缺乏大人物，而是缺乏偉大的小人物。」

「能夠喚起俗人感情的東西只具價格。」

《春兩》的語言，很有特點。沒有人物、沒有情節可以是現代小說，這為一些人所不容。創新的小說困難在此，它必須迎著種種非難。傳統習慣有時還是很頑固的。

劉以鬯《蛇》裏的意象語言

●東瑞

從歷史去發掘，而寫成現代歷史小說，大致分為三種情形：一是文學家兼熟知歷史，中國歷史的重要事件、人物猶如他掌上的紋一樣，歷史題材成為作家作品的主流；二是對歷史並不精通，卻也熟悉某些史料，苦於現代題材「難求」，鑽入故紙堆；三是精研某一史事或片斷，舊瓶裝新酒，注入了新意、新生命。

劉以鬯的《蛇》《蜘蛛精》《寺內》都屬這一類。但嚴格來說，他取的不是歷史，而是民間故事、傳說、古代通俗小說內的題材，但道理是一樣的。成敗取決於旨意、動機和功夫。一些作家在肆無忌憚地糟蹋歷史，為適應「市場需要」而只將自己粗劣的功夫加以表現。我們不說也罷。劉以鬯仍尊重那些傳說的枝幹，但無不使其煥發出新的生命力，新的異彩。比如《蛇》取材自《白蛇傳》，但已完全剔除了那些迷信成分，着力於刻劃人性的弱點，告訴我們一個疑心會造成甚麼危害。作品文字精彩優美，字裏行間洋溢和流動着詩情，將古代題材現代化，給人感受是很新穎的。

劉以鬯在作品中對人物心理的細緻逼真刻劃，對調動和描寫環境以配合、襯托人物個性的出色，可以媲美白先勇對女性外形的精雕細刻。

試讀劉以鬯《蛇》中的一段描寫文字，用的字雖不多，我前後已欣賞七八遍不止了：

燭火跳躍，賀客的喧嘩已被關在門外。花燭是不能吹熄的。慾望的火頭尋找另一個定義。帳內的低語，即使貼耳門縫的丫環也聽不清楚，那是一種快樂的聲音，俏皮的丫環知道：一向喜歡西湖景致的白素貞也不願到西湖去捕捉天堂感了。從窗內透出的香味，未必來自古銅香爐。夜風，牆外傳來打更人的鑼鼓，他們還沒睡。

就以我們所舉的《蛇》中的那一段，劉先生寫了許多意象、景象和形象：燭火、賀客、喧嘩、火頭、帳、低語、門縫、丫環、窗、香味、古銅香爐、夜風、打更人、鑼鼓等。這些或有形，或有聲，或有色的事物紛至沓來，造成一種和諧、甜蜜、溫馨、深沉、優美的意境。然後它「逼迫」讀者用眼、耳、鼻、舌、頭腦，去看、聽、嗅、舔和思索，結果你會感受到它的至美。幾乎甚麼都齊全了：景象、聲音、顏色、香氣。而最主要的是聯想和感受，你會問「花燭為甚麼不能吹熄？」「慾望的火頭在尋找另一個甚麼定義？」「為甚麼丫環聽不清那帳內的低語？」這裏的含蓄的詩情，不必言宣的畫意，全融合在狀景描物的文字中，誠為劉以鬯的精巧設計。

這就是文字的密度，約二百字的一段文字，告訴你甚麼是文學的純和純的文學。

（原載東瑞《文林漫步》，現代教育研究社有限公司，一九九零年十月版）

情深義重，攜手跨過金婚路

——香港文學大師劉以鬯與夫人羅佩雲愛的故事

・東瑞、瑞芬整理

紅歌星指文學大師為她初戀情人　媒體炒作
金婚照片首次藉新書向讀者公開　意味深長

二零零六年至二零零七年間，香港一兩家大報，從一本六十年代紅歌星的回憶錄中挖出了一樁「秘聞」，如獲至寶地加倍放大，在報上大炒特炒，編出了一段聳人聽聞的「文學名家和紅歌星熱戀首次曝光」諸如此類的新聞。一時間在香港文壇造成了不大不小的轟動。原來，那位歌星，在回憶錄中繪聲繪影地寫說劉以鬯是她的初戀情人……

當時，八十餘歲的劉先生，文學成就不但在華文文學界早獲公認，被譽為「大師」、「香港文學第一把交椅」，文學事業如日中天，而且品行和作風純正，從無甚麼緋聞，為甚麼竟在這一時期，被人弄得如此鋪天蓋地、滿城風雨？奇怪極了。

更為奇怪的是，劉以鬯夫婦接到無數關心者的電話，紛紛詢問真相，但始終保持驚人的沉默。不予正面回答；劉太太只是批評某媒體不該如此炒作！

過了好長一段時間，我們終於在一本二零零七年出版的劉以鬯著作《天堂與地獄》中，讀到序內這麼一段文字：「五二年赴星馬報界工作五年，五七年回港，同年與佩雲結婚，甘苦共渡五十載，未嘗二十四小時分離，適逢獲益重出本集，順便作為我倆金婚紀念。」配合此段文字刊出的是一張攝於一九五七年的黑白合照。在以往劉先生的許多膾炙人口的經典著作中，除了配合作者簡介的作者半身照之外，從未登過夫人的照片，這是羅佩雲的照片的首次「曝光」。而在文字中比較高調地描述夫婦感情，更是空前的舉措！在二零一零年十一月出版的《熱帶風雨》一書前面，羅佩雲更刊登了劉先生喜歡的、她穿馬來傳統服裝「甲巴耶」的照片。劉以鬯喜歡「甲巴耶」，不止一次在小說中對女主角讚美：「她穿一襲淡黃色的甲巴耶，薄紗製的，圍着一條五彩紗籠，束得很緊，越發顯得身材苗條。」（《熱帶風雨》）選用此張，應不是偶然。

這，其實就是很巧妙的回敬了。

二零一零年劉以鬯夫婦在接受出版社的訪問結束時，劉先生說：「我的所有一切都屬於佩雲的。」一位名聞遐邇的大作家，那麼高調、斬釘截鐵地談到他和太太的關係，在過去，也是史無前例的。

究竟，劉以鬯如何認識佩雲的？和那位不甘寂寞的、六十年代紅歌星又是怎麼認識的呢？話說要從頭。這和劉先生早年的經歷有關。

闖蕩南洋　新加坡的邂逅改寫了一生命運

驚為天人　欣賞羅佩雲超卓舞藝心生傾慕

劉以鬯四十年代畢業於上海聖約翰大學，可謂「生不逢時」。從四十年代到五十年代中期長達十七八年之中，輾轉於上海、重慶、香港、新加坡、馬來西亞等地。一九四三年，上海風聲日緊，幾乎已成孤島，父親在病中，四處託人，為了不讓兒子被抓壯丁，毅然決定將二十五歲的劉以鬯送到四川重慶去。幾十年後，劉以鬯依然記得離開上海那天，天氣非常寒冷，寒風吹在臉上像刀割，父親殷殷交代，母親為他整理行李，衣物放進皮箱又取出來，前後好幾次；衣物帶得太多，怕兒子行李提得太重；帶得太少，又擔心天寒受凍。真是矛盾猶豫極了。到了劉以鬯上黃包車以後，母親一直跟着車子跑，在人行道上為他送別，跑了好久，母親仍在車一側向他揮手，一直到一個轉角，看不到兒子的車了才作罷。這一情景半個世紀後，劉以鬯只要閉上眼，還是鮮明如昨，後來劉以鬯將它寫成了影響力極大的名篇《寒風吹在臉上像刀割》。劉以鬯在重慶《掃蕩報》做編輯，抗戰勝利後他回到上海搞出版社，雖然頗出了些名家的書，但慘淡經營，處境艱難，眼看既無法維持下去了，他決定到香港闖一闖。

一九四八年告別上海，是劉以鬯的一次前途重大抉擇，將他的命運徹底改觀。

劉以鬯在香港入報館當編輯，因不肯刊用上級交來的一篇稿，就被老闆炒了魷魚。種種不如意，令他決定離港，下到新加坡發展。那是一九五二年。

新加坡又成了劉以鬯生命的另一個重要轉折點。因為他在新加坡認識了那位寫回憶錄的紅歌星，也是在新加坡認識了今日的太太羅佩雲。劉以鬯在新加坡仍然不離本行，入報館編報。由於工作時間長，生活單調，三餐簡單，晚上從報館下班之後，本身沒有甚麼不良嗜好，如甚麼酒啊賭啊的，最喜愛的，莫不是進歌台聽歌或看看舞蹈雜技表演了。那時，聽歌看演出，門票廉宜，不像現代，入場費貴得嚇人。劉以鬯有大半時間都藉這些娛樂消遣，減輕白天工作的壓力，放鬆身心，聊解在異鄉謀生的辛苦和寂寞。那些如走馬燈輪盤上臺的歌星都知道他既是作家，又是報紙編輯，都希望他手中的筆能為她們宣傳。她們都顯得非常主動。紅歌星就是其中一位。那時，電話還不普遍，妄說手機、傳真、電郵了，他們之間通了兩三個月的書信，也就太平常不過了。這一年是一九五三年。初戀的事很難講，交往兩個月，發現愛的能源和熱量不足，沒有發展下去的可能，感情也就慢慢淡化下去，無疾而終。和紅歌星的情況正是如此，談不上誰對誰錯。有一段時期，劉以鬯的腳步很少再踏進歌場。

一九六五年的一個夜晚，劉以鬯本想到咖啡店（當地稱羔丕店）消遣，朋友約他去看現代舞表演，劉先生不想去，朋友說歌舞團從一九五三年來過新加坡兩次，大受歡迎，去見識一下吧。經不起朋友鼓動，他去看了。沒想到這一去，認識了他生命中的最愛。那晚，羅佩雲的出眾美麗、超凡脱俗以及出色精采的舞藝，緊緊地吸引着劉以鬯。他目不轉睛地欣賞她，在一次又一次的熱烈掌聲中，感覺到生命中的愛神，已在今晚悄悄降臨了。

前後拍拖十個月　異鄉關顧愛郎情深義重

愛情力量大無窮　一年熱戀毅然回港結婚

那時，羅佩雲在東南亞已是頗出名的舞蹈演員，而劉以鬯在文壇只是薄具名氣，只是一位不折不扣的報館窮編輯。說點俗氣話，頗有點古時紅顏佳人和窮書生在談情說愛的味道。

周圍的一些朋友並不看好。羅佩雲是廣東籍，在香港時學得一身好舞技，簽約了一個歌舞團，經常隨團到東南亞各大小城鎮演出。又美麗又聰明的、全身都是藝術細胞的佩雲，為她加盟的歌舞團帶來極好的聲譽，當然也為歌舞團帶來可觀的經濟效益。因此所到之處，都受到觀眾的歡迎，羅佩雲，成了全團的「台柱」。從一九五二年開始，佩雲前後就隨團到了新加坡三次。每一次，歌舞團都非常旺場火爆，大家都想看佩雲，也想欣賞她的舞蹈。佩雲的現代舞跳得姿態美妙，舞技精湛，而俏麗的長相，苗條的身材，脱俗清純的氣質，令她的表演相得益彰，她的事業可謂如日中天，正值巔峰狀態。如果跟很多藝人的想法一樣，要嫁就不難嫁給一個富豪；可是劉先生僅憑着一枝筆在謀生活，廣東人所謂的「打工仔」，可是，劉以鬯為人的正直、滿腹的出色才華，以及老實淳樸的品格，卓絕不凡的理想，完全與當時許多凡夫俗子有別，也緊緊吸引着她。因此，佩雲一邊跳舞演出，一邊與劉以鬯拍拖，陷入熱戀中。

劉先生的異鄉漂泊生涯，忽然有一顆芳心的默許，生活的前景出現了亮色；沉悶的枯燥的文字工作，有了心愛女性的調節和滋潤，令他對未來的發展也充滿信心。然而辛苦的拼搏，也使他的健康受損，他在和佩雲的交往中，也就不無擔憂。有次，佩雲見他愁眉不展，問他有甚麼心事。佩雲問他：「怎麼了？有甚麼心事，説出來，我幫你解決嘛。」以鬯搖搖頭說：「我身體不大好，和你在一起，只怕拖累你。」佩雲笑起來說：「我可以照顧你！」以鬯一時感動得默默注視着坐在他前面的、和那位紅歌星完全不同的佩雲。一會，以鬯又說：「你們歌舞團已來了三個月，馬上要回去了。我們的事怎麼可能？」佩雲說：「我可以留下來陪你。」以鬯嚇了一跳，以為佩雲跟他開玩笑，疑惑地望着她。佩雲說：「我的限期可以到十個月，我可以陪你到那個時候！」劉以鬯一時感動得說不出話來。他說：「十個月後我也把這裏報館的工作辭去，我們一道回港。」說完，他又猶豫起來：「不過，我一九五二年來，已經入了新馬籍了，香港沒有居留權，能不能長期住香港都成問題了。」佩雲堅決地說：「可以用旅遊申請入境，再辦居留手續！」以鬯也激動地說：「你也辭去跳舞的差事，由我賺錢養家吧！」佩雲的鼓勵和承擔，大大加強了劉以鬯的信心；他也斬釘截鐵地向她許下了承諾。新加坡十個月的相處，增進了彼此的瞭解，為他們的結合，打下了牢固的基礎。

一九五七年，劉以鬯告別了工作了五年的新馬，攜手與佩雲回到了香港。劉以鬯喜抱美人歸，娶了羅佩雲。開始了婚姻路上的愛情長跑。

左右手同時開工　在報刊上娛樂別人又娛樂自己

一枝筆創造奇蹟　每日十三個專欄換來溫暖小窩

結婚後的劉以鬯，責任感很強，為了維持一個家庭的生活，為了讓太太覺得有安全感，除了輾轉於幾家報紙的編輯工作之外，他還接受了邀請，為好幾家報紙寫專欄小說。最多的時候，每天多達十三個專欄。五十年代至七十年代，一個編輯的薪酬不高，並不足於養家，因此很多文化人都要靠稿費幫補家用。劉以鬯早年受西方現代文學影響很深，酷愛純文學，但報紙的對象是普羅大眾，他不可能將自己的興趣全部搬到專欄中，寫些文學性和創意很強的小說，何況約他寫專欄的報館老闆和老總，常常提示他或警告他，要「迎合讀者」，要盡量通俗，於是他水來土掩，兵來將擋，採用了左右開工、見縫插針的手法，一手，寫娛樂別人的小說，一手，寫自己喜歡的純小說，譬如《酒徒》、《對倒》、《島與半島》、《他有一把鋒利的小刀》等等，多少年後，都成了世界華文文學的經典名著，《酒徒》《對倒》還成了電影《花樣年華》的拍攝來源，二零一零年拍成的電影《酒徒》還參加了至少五個國際電影展的開幕電影和參賽電影。劉先生堅持工餘寫專欄，他自嘲自己一無所長，手上只有一枝筆，才寫那麼多。這是他拼搏的艱難歲月，也是他最感充實的一段日子。那時，他都是在上午寫專欄，總字數至少多達一萬兩千字，沒有傳真，不用打字，全部用手寫，俗稱「爬格子」；他寫得非常快。送稿成了一個大問題，因為稿件都是「現抄現賣」，報紙趕着發排刊登。劉以鬯寫好稿，來不及送稿，報館會派人來他家取，有時他們會叫白牌車過海送稿，夫婦倆也一起乘上車，送完稿就叫車子載他們到九龍尖沙咀的海運大廈吃晚飯。這是他們最溫馨最難忘的年代。劉先生傍晚五時左右到報館處理編務，下班時間不定，編完就回家了。

除了編報、寫作，劉先生還喜歡郵票、陶瓷和模型，這幾樣愛好的作用和功能。例如，郵票用來搜集，也用於交易。最始料未及的是，竟也給他帶來了創作靈感。例如，他藏有一對「對倒」的連體郵票，成了他創作長篇《對倒》的靈感，寫成了《對倒》這部名滿天下的傑作。而陶瓷、模型，除了喜好、欣賞，還成了他工餘鬆懈緊張神經的娛樂，疊好的得意模型還可擺在家中玻璃櫃內作為擺飾品。但是，所有收入，都遠不及薪酬和寫作的收入。加上劉以鬯從來不喝酒，不賭博，將收入全部交給了佩雲，佩雲又善於理財持家，一九七七年，太古城剛剛建「城」不久，還未全部竣工，劉以鬯夫婦，就以極大的魄力，買下太古城一個約七百尺的單位，築起了共同的溫暖的家。一晃就住了三十三年，一直住到今日。一枝筆，創造了經濟財富，購下了小居屋；一枝筆，也繪出了美麗彩虹，創出了大作品。劉以鬯的名字，既成了香港文壇的奇蹟，也成了香港作家的驕傲。

劉以鬯不但以個人的文學成就炫人眼目，他編報、編《香港文學》期間，還培養了很多文壇新秀。劉以鬯還獲好幾個第一：一九九四年他被香港臨時市政局「作家留駐計劃」第一任作家；二零零一年，他獲香港特別行政區政府特首頒授榮譽勳章，成為第一個獲此榮譽的香港作家；二零一零年，獲選為香港書展第一屆「年度文學作家」並由香港公開大學頒授名譽文學教授榮銜。二零一一年七月，香港特區政府頒授「銅紫荊勳章」給他，十二月二十一日於香港伊利沙白體育館，香港公開大學頒授給他榮譽文學博士。再由如果沒有羅佩雲在背後的默默支持，在生活起居上對他的細心照顧，在稿件上的協助查抄整理，在人事應酬上的婉轉應付，就不可能有劉先生的這一切。劉太太為人低調，一直到二零零七年那張夫婦金婚照公開後，大家才知道她的名字叫「羅佩雲」。

夫婦出雙入對一如連體嬰　羨煞天下怨夫怨婦
四處走走看看和吃吃玩玩　神仙日子不過如此

二零零七年是劉以鬯和羅佩雲金婚的日子。今年，劉以鬯已九二歲，劉太太也有七十餘了。劉先生除了讀報、看書，偶爾也會到上環永吉街一些賣郵票的小舖走走看看。劉太太在家中做些家務，因為只有兩老，很少在家煮吃了。下午，他們有時自己、有時與文友飲茶，飲完茶約是下午三、四點光景。劉先生會自己先走，到各大商場逛逛，逛個一兩個鐘頭才回家。最感興趣的是到一些書店看看有沒有擺賣自己的書，看到自己的作品被擺在當眼位置，高興得很。有些機構、學院邀請劉先生演講時，劉太太都會陪伴在側，照顧劉先生。

二零一零年七月香港書展主辦機構在文藝廊舉辦了「香港書展年度文學作家」的大規

模展覽，十分隆重熱鬧，將劉以鬯的文學成就宣傳推到一個頂峰，劉氏夫婦倆情緒甚好，精神煥發，萬分高興。而最叫朋友和文壇嘖嘖稱奇的是，太古城的鄱陽閣（他們住屋大廈名稱），就好像一間魔術屋一樣，不斷有新書稿被發掘，像最近，劉太太就花了幾個不眠之夜，找出了劉以鬯於一九五八年至一九五九年寫的以新馬為背景的近八十篇短篇小說，結集成二零一零年十一月出版的《熱帶風雨》一書。香港作家寫的以南洋為題材的作品並不多，因此文學價值彌足珍貴；二零一一年七月，又出了一本以六十年代香港灣仔為背景、描述吧女生涯的長篇的《吧女》。

長期專注於寫作編報，劉以鬯的生活自理力遠遜於他的文學想像力，劉太太毫無怨言地精心全力予以照顧。劉太太自身非常注意飲食保養，也關注自己的穿着外表的配套，年紀雖大了，但聽力啊說話啊走路啊，活力仍十足，高貴清爽；劉先生紅顏鶴髮，面目慈祥，一臉童真。沒有老態。

他們對世界有所付出，歲月也對他們非常有情啊。（本文已經劉氏夫婦過目）

二零一零十一月初稿
二零一一年七月修改

「未嘗二十四小時分離」

——劉以鬯、羅佩雲的愛情故事

・東瑞

並非每一位成功的作家背後都有賢淑能幹的妻子，也有所謂名家名成利就風流成性成了不折不扣的怨偶。因此文壇上的絕配愛侶都令人萬分豔羨。九十八歲的香港資深老作家劉以鬯，遇到羅佩雲，堪稱才子遇到佳人，演出了一齣新版的香港文壇神仙眷侶的好戲。之所以稱「新版」，乃因他們的故事曲折纏綿，跨越香港和新馬，而且歲月悠悠，歷經半個世紀的時間考驗，感情愈久彌堅。他們是一九五七年結合的，到二零一七年，已經整整六十年，跨越了鑽石婚門檻。

大約在二零零七年間，一些媒體從一位老歌星的回憶錄裏挖出一些資料，如獲至寶，大肆渲染，大肆炒作，企圖將劉以鬯這樣一位文學大師如同娛樂圈中人那樣編造一段八卦新聞，唯恐天下不亂。在那一段時間內，劉夫人羅佩雲女士始終保持了驚人的沉默。一直到當年《天堂與地獄》再版時，劉以鬯先生在太太的支持下才在序內寫下了一段扔地有聲的文字：「五二年赴星馬報界工作五年，五七年回港，同年與佩雲結婚，甘苦共渡五十載，未嘗二十四小時分離，適逢獲益重出本集，順便作為我倆金婚紀念。」最叫人矚目的是這本書放在扉頁的照片，雖然不是他們夫婦的結婚照，卻恰好是他們結婚那年的一張黑白照。劉以鬯為人低調，「樹大枝彎」，夫人照在他的著作中很少亮相，當然，這也是有鑒於劉夫人羅佩雲也很低調，甘於默默站在幕後。因此，《天堂與地獄》這張合影照片，堪稱羅佩雲的第一次正式亮相。他們以此來回敬那些不合時宜的新聞。過了兩年，在出版短篇小說集《熱帶風雨》時，還在書內刊登了羅佩雲穿馬來婦女傳統民族服裝「格峇雅」照片。劉先生喜歡格峇雅，曾經不止一次在《熱帶風雨》的短篇小說裏這樣描述「格峇雅」：「她穿一襲淡黃色的甲巴耶（注即格峇雅），薄紗製的，圍着一條五彩紗籠，束得很緊，越發顯得身材苗條。」

其實，劉以鬯和羅佩雲的愛情馬拉松故事本身已經夠精彩，情節足於寫成劇本，拍攝成電影，根本不需要添加其他無關枝蔓。劉以鬯於一九四八年離開戰亂中的內地，「南下」來到香港，入了報館當編輯。因為處理編務不合老闆的意，被炒了魷魚，於一九五二再度「南下」來到了新加坡，依然受聘於報館。他每日接觸文字，生活未免單調，晚上下班之後，少不了進入歌廳觀舞聽歌解解壓。這樣的狀況有好幾年，一直到一九五六年，認識了羅佩雲，影響了他的一生，將他的生命真正完全地改觀。那是一九五六年的一個夜晚，劉先生本來想到咖啡店（當地稱為羔丕店）喝咖啡，但當地朋友約他去看現代舞表演。那個舞蹈團來過新加坡兩次，一早票就被搶購一空，非常旺場。就在那個舞場，劉以鬯遇見了他生命裏的最愛，一牽手就是一生一世，那就是他的女神羅佩雲。羅佩雲就是那舞蹈團的當紅女主角，她的精湛舞藝、美好身段和優雅嬌美長相，劉先生頗為欣賞，看得非常專注、心花怒放。原來，當愛神降臨到你身邊時是如此地靜悄悄，沒有預告：而男女一見鍾情或人生邂逅，根本就是無可解釋的緣分，好的結合往往就是一生的永恆。

然而，當時，不少人對劉以鬯和羅佩雲的戀情並不看好。一個是紅透東南亞的舞蹈演員，一個是在報館打工的小編輯兼窮作家，似乎不太相配，只是月下老人很看好他們的結合，一旦拋出了紅線，繫住了男女方，誰也擋不住。劉先生為人正直，滿腹創意和才華；羅佩雲舞技美妙，事業如日中天，兩人拍拖、熱戀，不覺也有一年。在異鄉的打工生涯中，飄泊單調的日常生活，許多人都會懷上剪不斷理還亂的鄉愁，這時候突然有女性的溫柔和滋潤，前景也出現了亮色，劉先生對工作和未來也就比從前更加充滿了信心。最難得的是，長期的勞累，當時劉先生身體不太好，羅佩雲細心的呵護和照顧，令劉先生很快好起來。不過，劉先生也很擔憂他們的好事多磨，因為舞蹈團一來新加坡三個月，到期了就得回港，兩人分住在兩地，那怎麼行？豈不是成了五十年代版本的牛郎織女嗎？羅佩雲笑起來安慰劉先生說，我可以留下來在這裏陪你啊，我的居留限期比較長，有十個月呀！可以陪劉先生到期限滿期。劉以鬯聽了大喜，也大為感動，下了最大決心說，那好吧，十個月後我也辭去這兒報館的工作，與你一道回香港。愛情的力量好大，將難題不斷化解於無形，但一個擔憂扣着另一個擔憂，劉先生忽然想到，他到新馬後，入了新馬籍，香港已沒有居留權了，要長住香港也就很成問題了，羅佩雲熟悉香港有關居留的政策細節，笑道，這有甚麼難！我們可以用旅遊香港的理由入境，到時再辦居留手續啊！劉先生恍然大悟，說道，啊！對呀，怎麼我沒有想到啊？劉先生激動地承諾，說好吧！那麼我們一起住在香港就不要分開了！妳也不要再跳舞了，就由我一個人編報寫稿賺錢養家吧！……在新加坡他倆拍拖、熱戀十個月，愛苗迅速茁壯成長，開花結果卻是在香港。

一九五七年，劉以鬯和羅佩雲從熱帶島國牽手回到了香港，開始了雙雙「未嘗二十四小時分離」的婚姻和家庭生活。除了少數幾次，劉以鬯單槍匹馬外，離港參加文學活動和旅遊、在港出席各種講座，劉先生和羅佩雲幾乎都是形影不離，出入皆雙，甚至港九來去送稿，他們也一起同行，送稿後一起吃午餐或晚飯。世間多少「怨偶」，貌合神離，只是勉強住在同一屋簷下，劉羅不然，心有靈犀一點通，劉先生的稿件、出書事宜，劉夫人非常熟悉，不是秘書，勝似秘書。

從六十年代到八十年代，是劉先生勇敢拼搏的時期，他又編報，又寫十三個專欄，一直到他一九八四年創辦《香港文學》才中止他寫稿的生涯。一個自稱手無縛雞之力的書生，也擁有了自己的一個小單位，真是了不起，這與劉夫人羅佩雲的能幹精明太有關，她在背後的強大支持是功不可沒的。

「未嘗二十四小時分離」是他們金婚的大寫照，也是一堵堅厚的感情牆，一些媒體企圖用一點發霉的殘頁舊事來蹟他們之間的縫隙大作文章，那不是很難的嗎。

飲茶 • 剪報及其他

——劉以鬯夫婦瑣事

• 東瑞

出版香港純文學之寶劉以鬯一系列著作的機構經常接到要採訪劉先生的電話，人一旦出名，追踪者眾。藝人是如此，作家也是如此，當然作家不像藝人被狗仔隊「圍捕」得那麼厲害，其中的目的更是千差萬別。

當然，香港資深作家劉以鬯也是凡人而已。最幸運和為人所稱道的是，他無病無痛，一直到前兩年，才肯坐上輪椅，由家庭護理推着他走。多年前，我們每每出他的新書或再版他的書，總是會不定期地相約一起到茶樓飲茶。他和夫人羅佩雲一起來，來去都是靠腿自己走。有次我們稱讚他身體好，腿還那麼管用，他好開心，突然站起來，在茶樓的通道上來回走了十幾步給我們看，那種歡喜，真應了一句「返老還童」。那時，劉以鬯每次喝完下午茶，已經是將近下午四點了，劉太會讓劉先生「自由」，任由他自己去走走。一般劉以鬯會到各商場走走看看，運動運動，四處逛逛兩個鐘頭，到了六七點，劉太太囑咐他在快餐廳自己吃過晚餐才回到家裏來。「劉先生每天都可以走兩個鐘頭」的故事很快傳開，主要在那兩個鐘頭內，除了這家書店看看，那家書店看看，有時他還喜歡買一些漂亮的利是封。這「下午散步」的時段，不時會遇到熟人，於是也就傳為佳話，都知道他下午有散步兩個小時的習慣。

除了為出版事宜飲茶，由於劉以鬯年紀越來越大，熟悉他們的各方朋友都喜歡為劉先生慶賀生日，包括到茶樓飲茶。請者知道劉以鬯夫婦喜歡吃蛋糕，都不忘買蛋糕、拍照、合影，熱鬧一番，劉夫婦倆都很高興。

人人都說一個成功出色的男人背後不能沒有能幹的女人，名作家也是這樣。劉太羅佩雲更是做得盡責，除了喝茶，參加各種會議、研討會、講座、簽名活動、接受頒獎、任主禮嘉賓等等，少不了左右陪同。在出書方面，劉太更成為劉先生不可或缺的得力助手。劉先生幾十年來寫了幾千萬字，可是他出書時始終嚴格挑選，迄今較重要的、已經出版的不到二十種。最初出版的都是他認為「娛樂自己」的純文學作品，如長篇《酒徒》、《對倒》、《島與半島》、《他有一把鋒利的小刀》等這些經典，慢慢需要不斷「開發」，從以前在報紙上連載的大量連載小說「擇優而出」，而且每一次，劉先生都需要對那些字數龐大的連載小說進行大刀闊斧的刪節，如《對倒》的最早連載字數差不多都有五十萬字，經濃縮，最初有個兩萬多字的版本，後來再恢復到十幾萬字的版本，好幾本書都是那樣。到了這十幾年，他的年紀漸漸地大了，開始淡出，劉太代替了他，在挑書稿方面擔任了重要的角色。廣州花城出版社曾經在改革開放之後出版過劉以鬯的短篇小說集《天堂與地獄》，與劉先生於一九五一年由海濱圖書公司出版的《天堂與地獄》同名（內容不同），當瑞芬代表獲益出版社向劉先生表示願意重版的時候，劉先生交來的是海濱版本的《天堂與地獄》。二零零七年這一本書跨越了五十八年的時間再版了，最妙的是連封面也和半個多世紀前那個版本一模一樣，也是綠白為主。在這本書之後，多數書稿都靠劉太太羅佩雲的努力，從那些「浩如煙海」大書報中、尋覓、撿拾和處理出來，有的當時已經剪存入袋了，只是堆積在一起，尋找需時。劉先生劉太太處理家中的書報，大部分捐了出去，只剩下那些當年自己在各種報刊寫的大量的短篇和連載小說，其中有不少就是當年他自己稱為「娛樂別人」的小說。給我們印象最深的是他每次將未曾出版過的集子出書，總是要改、刪，將他認為的水分和重複的部分刪除。但尋找的功夫，全要靠劉太太。未出過書的有以新馬為題材的《熱帶風雨》、以吧女生涯為題材的《吧女》以及以馬來語（與印尼語相同）「村莊」為書名的《甘榜》，還有以香港的居住問題和故事為題材的《香港居》，沒有劉太，就沒有這些書的面世。有的，還靠了一些研究他著作的人協助。這些比較後期出版的單行本，有長篇，也有中短篇，在以前，劉先生總是說是「娛樂別人」的，但只要仔細地閱讀過和認真辨別，就會發現，劉以鬯的這些寫實連載小說，時代感和社會性都很強，藝術技巧也精彩紛呈，比現代不少所謂的現代小說還好，因此所謂「娛樂別人」「娛樂大眾」的小說，只要經得起時代的考驗，其實慢慢地也演化成不朽的文學經典。中國的幾部經典名著，當年被稱為不折不扣的通俗文學、民間的說書人的本子，歲月有情，經過時間的淘洗，是金子最後還是要閃光。我們要感謝劉以鬯在他的年輕時期寫得那麼多而快，也要感謝劉太勤於從家中像「八寶箱」一樣的故紙堆挖掘出那麼多劉先生的文學寶貝。有的雖然純粹為「稻粱謀」，但同時也具有了恆久文學的價值。

說到簽名，有些小事我們可以看出劉先生的謙虛。二零一零年七月香港書展將劉以鬯先生選為首位香港書展年度作家，並配合了不少與他有關的講座、對談，那時他的書已經出版了多種，擁有了不少讀者，那陣子掀起了排隊買他的書、並請他簽名的熱潮。然而，回溯在香港書展初期那幾年，我們當時在以年輕人為對象的展館也擁有攤位，約他來簽名，他卻說，他的讀者年紀都偏大，年輕人大都不知道他。結果爆了大冷門，排隊買他的書求簽名的幾乎都是年輕人。自二零零零年起，劉以鬯的書至少出版了十一二種，其中《對倒》足本、小小說集《打錯了》影響最大，《甘榜》、《香港居》等也受到歡迎和好評。然而，那樣一位資深老作家，寫了不計其數的作品，卻從未見他吹噓和標榜所寫字數有幾千萬字。劉先生從十七歲開始創作，創作年齡至少已在七十年以上，寫的是那麼多，願意整理出書的是那麼少！從中可以看到他那種「樹老枝彎」、謙虛謹慎的精神。

劉先生在為讀者簽名的時候，劉太太經常在一側協助他翻書頁，那種鶼鰈情深、形影不離的情景感人至深，足以稱為文壇夫婦楷模。

劉以鬯背後的女人

● 瑞芬

能夠認識那樣一個出色的女性，只因我們的另一半都是文人，東瑞和劉以鬯。他們早在上世紀八十年代就認識，東瑞曾經為劉先生編的《香港文學》、《星島晚報》「大會堂」副刊、快報副刊寫稿。

一九九一年我們創立出版社，因為出版劉先生的書，漸漸地與他們夫婦熟絡起來。那年頭，出版《黑色裏的白色　白色裏的黑色》《他有一把鋒利的小刀》《島與半島》等書經濟效應都不好，東瑞未敢再輕易出版純文學書類。他把出版劉先生著作的權力交到了我手上。印象最深的是二零零零年，他因「失去《香港文學》。情緒低落」，為給老作家鼓勵，我與東瑞商量決定，為劉先生出版三本書。他在《對倒》的新版前記裏這麼記敘：「黃東濤、蔡瑞芬夫婦知道我的心情煩亂，走來太古城邀我茶敘，建議為我出版三本新書。」這是我認識劉太的開始。

我們很遲才知道劉太的名字叫「羅佩雲」。每每要為他倆的照片寫說明時，劉太總是說「沒有人知道我是誰，叫我劉太就可以了！」

甘於默默「隱性埋名」、站在劉先生的後面，多麼善良美麗的品行啊！不過，這充其量只是屬於謙遜而已，最重要的是劉太——羅佩雲對發掘、保存、整理劉先生作品的貢獻。眾所周知。劉以鬯寫稿長達七十年，單是收集報紙、剪報的數量就很可觀。那年代還沒電腦，一切都是紙質的。堆積如山，稿件之多足以嚇壞人。難怪工作繁忙的劉先生平時沒空整理他的書報，縱然有空，也未必會記得書報所藏之處。像《甘榜》、《熱帶風雨》和《吧女》都是劉太像掏寶似的經手整理的，不然早已很難見到天日了。可是劉太從來不下名字，甘當一名無名英雄。

到了近十年，劉先生聽力漸差，劉太差不多成了劉先生的經理人了。舉凡出書的具體事宜、封面的要求、報紙雜誌社記者的採訪，事無巨細，都是她一肩承擔。她成了劉先生與外界聯絡的最佳橋樑。雖然年齡已逾七十，劉太耳清目楚、反應快速敏捷，記憶力超乎尋常。

除了照顧劉先生的生活起居外，她對劉先生著作的情況也瞭若指掌。長期練就的心靈默契，令她決定一件事時明確果斷。佩雲，就像劉先生肚腹裏的一條蟲，主人的心事她琢磨得很透。

也許來自年輕時候注意儀表的習慣，劉太身段保持得很好，整日精神奕奕、清清爽爽的，絕沒有老態。雪白的肌膚，配以滿頭雪白得整齊的頭髮，加上衣著上的講究——她常常將上衣、褲子、手提袋、鞋子的款式和顏色配搭得天衣無縫，把自己「打造」得高貴大方，儀態優雅。從劉以鬯年輕時期她就開始照顧他，出門有影皆雙，未曾二十四小時分離。多少文人晚景淒涼，而劉先生卻能夠與夫人跨越了金婚的婚姻長路，走上相扶相知之道，可謂羨煞天下憤夫怨婦！劉以鬯有賢妻如是，夫複何求？

兩位女性撐大局

●東瑞

香港文學泰斗劉以鬯遽然去世，香港文壇新老粉絲一片哀傷。大家不能不聯想到劉以鬯的另一半羅佩雲女士此刻的心情。

二零一三年五月九日香港藝術發展局在香港演藝學院歌劇團頒發「傑出藝術貢獻獎」給劉以鬯先生，還記得那時劉太太捧着一大束鮮花喜孜孜走上台，熱烈祝賀丈夫，場面溫馨感人，全場觀眾起立，為一對情深意重的世紀夫妻熱烈鼓掌。著名文學家小思老師代表劉先生宣讀獲獎感言，最後一段，讀出了劉以鬯的最深情表白：

「特別感謝照顧我五十多年的太太，他是我生命中最重要的人物。」

就是這樣一句很普通的感謝句子，沒有任何修飾，完全不花巧，卻是字字珠璣，句句實在，凝結和見證了劉以鬯和羅佩雲半個多世紀以來堅貞的愛情和同甘共苦走過的崎嶇的文學旅程。

我作為出版社的總編輯，也作為業餘的寫作人，無論是在給人打工、做新書推銷的行街，抑或和瑞芬主持自己出版社的時期，我看多了純文學書籍滯銷的慘情而對出版純文學圖書失去信心，甚至懷有戒心；甚至對投資出版任何一內容健康的書，也不免戰戰兢兢，小心謹慎。

但二十七年（一九九一——二零一八）來，劉先生的著作，由我和瑞芬主持的小小出版社畢竟還是出版了十五種，算是小小的奇蹟。

這個奇蹟外界有時很費解。

這源於彼此的緣分。

有一種緣，很神奇，叫「信任」。

另有一種緣，很美妙，叫「敬仰」。

八十年代我因投稿劉以鬯先生編的《快報》副刊、《星島晚報》文藝周刊《大會堂》、《香港文學》而認識劉以鬯先生。九十年代初，出版社創立後，劉以鬯、羅佩雲夫婦很支持，也對我們很信任，這種信任，就比白紙黑字的出版協議還有用。我們只是小型出版社，人員精簡，避免了人浮於事。辦事喜歡一是一，二是二，老老實實，按章辦事遠遠不如彼此內心裏那份默契。

我們敬仰資深老作家，尤其是瑞芬，非常支持劉老的創作事業。我們奉行的是，寧願出版富有文學和留存價值的作品，少賺或不賺錢都不要緊，可以用其他暢銷書彌補。

就在那樣的緣分下，我們出版了劉以鬯認為比較重要的《島與半島》，這也是我們出版社出版他一系列著作的第一本。強烈的社會現實背景，真實的新聞事件，被融入了一個家庭的生活，結構是那樣地新穎，一新我們讀小說的迴異感受。

那時，許多報紙老讀者都知道劉先生，但不知道或分不清他寫作策略上備有兩手。他的書，因為出得還不太多，不可能十分搶手。《島與半島》銷行很慢。

投緣，還需要膽識。我另一半瑞芬膽子倒比我大多了，她欽佩劉先生對文學的堅持，每到一定時候，都乘着和劉以鬯夫婦一起飲茶的機會，向劉太太約劉先生的新稿。所謂新稿，並非新寫的，而是那些還未出版過的早期寫的連載小說。由於翻箱倒櫃需要時間人力，劉太太面有難色卻又露喜色。

幾經催促，一本本書稿經修訂，先由劉太交到瑞芬手中，再由我安排重新打字、包裝到出版。

前面說過我的投資勇氣沒有瑞芬大；瑞芬凡事敢於一搏。有兩件事最可說明，兩千年劉先生失去主編《香港文學》工作，感到十分失落，瑞芬為鼓勵他，答應一連為他出三本書。這三本中，就有最重要的長篇版《對倒》；其次，是在劉以鬯生命的晚年，他已完全沒有動筆寫作，連出版的具體事宜都全權交給太太辦；而我口才、應對的能力也沒有瑞芬好，於是文學大師在我們社出的幾本書，如《天堂與地獄》、《敢榜》、《熱帶風雨》、《吧女》、《香港居》都幾乎是瑞芬邀約劉太，劉太經手，談妥了書的封面構思，才把剪報和封面質料交給我去執行的。

兩位女性撐起了經典名著的出版大局，堪稱頗為微妙。回想起來，每次飲茶，我和劉先生話都不多。我在想，沒有如此投緣的兩位女性在幕後這樣把握出版時機，沒有她們在天南地北的閒聊中的對書出版細節的詳細對談，我們出版社不可能在二十來年中堅持不懈，前前後後出版了劉先生十五種著作。

劉先生的書走進書店、走進圖書館，走進讀者的心，走進電影，劉太和瑞芬功不可沒！我們應該感恩男人背後的這兩位女性。

到灣仔天樂里去

——懷念劉以鬯辦刊的年代

● 東瑞

九十年代，「到天樂里去！」成為我經常對瑞芬說的一句口語。這和劉以鬯先生有關。

那時劉先生在灣仔摩利臣山道一座樓宇的高層單位辦公，創辦並主編《香港文學》，具體地說，劉以鬯先生為該刊社長兼總編輯。《香港文學》樓宇位置和一家老牌書店藝美圖書公司門市斜斜相對，藝美位於天樂里，向南走才是摩利臣山道，因為彼此很近，我乾脆統稱「天樂里」。

在大半生的爬格子生涯中，我很少去打擾編輯，我知道報館的工作很緊張，雜誌社稍稍鬆動，但審稿、編排、校對工作瑣碎細緻，需要認真而專注。我面皮薄，瓜田李下，擔心人家誤會，也就很少登門。

唯獨劉先生和《香港文學》例外。

八十年代，劉以鬯已經名聲在外，他一生貢獻良多，不僅寫出了多部不朽文學經典，為華文文學留下寶貴的可供借鑒的文學財富；他本身還是一位出色的編輯家，栽培了無數文學新秀。他的辦刊作風、正派人品也向來為人所稱道，真懷念那個時期的文人風骨和辦刊方針。

《香港文學》創刊於一九八五年一月，我正好在三聯書店的讀書雜誌《讀者良友》擔任執行編輯，我的業餘創作也處在精力旺盛而需要獲得各種支持的時期。早在那之前，劉先生兼在《快報》編副刊，在《星島晚報》編「大會堂」文藝周刊，曾約過我寫稿；主編《香港文學》後，他也約我給該刊寫。記得《香港文學》的前幾期先後搞了香港作家專輯，有一期是小思老師的專輯，我評介了小思老師的散文，題目是《小思見深義》。此後我投得很勤，評論過陳佐洱的散文，也報導過印尼政治氣候乍暖還寒的印華寫作人的文學活動，其他大部分是短篇小說和散文。除了幾家報紙的文藝周刊，就是劉先生主編的《香港文學》給予我不少發表機會，讓我更有信心在文學道路走下去。

九十年代，國內外形勢動盪不安，我們小小出版社在滿佈荊棘的香港工商業環境下艱難創立，我們敬仰劉以鬯先生的為人作風，因為寫稿、出版他的書彼此變得比較熟悉，約在二零零零年，我出版了一本厚達六百多頁的印華文學評論集《流金季節》，劉先生還給寫了序，短而有力，其中有一段給了我極大的鼓舞；「《流金季節》是東瑞用不同視角關照印華文學寫成的著作，涵蓋面廣，概括性高，雖非史乘，卻有不少史料，能使讀者看到印華文學的近貌，也能使讀者看到印華作家在逆境中的掙扎與執拗。」劉先生也在序中給印華文學作家以樂觀和信心：「讀過《流金季節》後，加上有關當局在一九九九年五月五日表示願意恢復華文教育，應有充分信心認定：在『流着文學黃金的日子』裏，長期遭受阻遏的印華文學必定會在新世紀中繁榮滋長。」二零零二年，我和瑞芬合著出版記敘出版社創辦十年歷史的紀念文集《虎山行》，邀約劉先生在書中題辭，他寫了熱情鼓勵的話：「十年來，為了興辦獲益出版公司，瑞芬、東濤一直在崎嶇的虎山行走，勞心勞力，艱辛奮鬥，終於取得輝煌成就。劉以鬯二零零一年二月二十六日」。劉先生和夫人多次作為主禮嘉賓出席了我們的新書發佈會，給予一家小小出版社「明知山有虎，偏向虎山行」的勇氣。

創辦出版社，能自由自在地做自己的事，時間上還可以自己調配和安排。我們最初十幾年都在尖沙咀舊區的赫德道一棟樓宇的六樓某單位辦公。下午時分，沒甚麼事了，我就跟瑞芬說「一會我過海，到天樂里，交稿給《香港文學》！」這成了我幾十年來最愉快的事。到那裏，不外幾件事，有時是幾件事都兼而有之；把新寫好的稿件親自交給劉先生；看看新鮮出爐的《香港文學》，嗅嗅書頁的油墨香；當然，最重要的是看望劉先生。新加坡有朋友說，劉先生是她見過的最紳士風度的文人，他的夫人是最優雅的女性。是的，劉先生面容清癯，精神矍鑠，目光炯炯，思維清晰，精力充沛，動作利落，要言不煩，親切慈祥。這樣的儀表風範，一直持續了幾十年。到了晚年，他頭髮全雪白了，一張鶴髮童顏，瑞芬非常喜歡和敬愛他，對我說，真難得，劉先生不像老人，完全沒有老態，也讚美劉太太優雅美麗。有時我在走向《香港文學》寫字樓的人行道上，就看到前面走着劉先生，步伐非常快，我們就一起上樓。到了樓上，他趕著處理要發的稿件，會讓書楚陪我在隔壁的小小會客室坐一會兒。不久，他就過來了，一定陪我坐一會，說幾句。這真是紳士做派，君子風度，從不會不理睬我。我當他名家一般讚賞，當他長輩那樣尊敬，而他將我視作平輩那般親切。我的稿件，尤其是小說，他認為寫得好時，會稱讚幾句；出現錯字，他會勸我寫字小心；他認為不好的，他就不用，從未用「稿擠」、「篇幅有限」來搪塞作者；他最不喜歡牽涉政治、宗教，反對或明或暗的影射，反對一稿兩投或多投。

劉先生辦事效率高。每天下午兩點到《香港文學》處理編務，五點就走出寫字樓，趕下一場，到位於鰂魚涌船塢里的《快報》報館上班去。最難得的是稿件的事，如果白天來不及說太多話，審看過了，有問題、有錯字他都會在晚上補來電話告知，有時發了稿也跟我說一聲，我當夜就高興得不行！他的認真，令我既感動又不忍。我想他對留有電話聯絡資料的其他作者，一定也會那樣做吧！

我從七十年代寫稿到今天，四十六年過去了；我投稿《香港文學》的生涯，隨着劉先生主持《香港文學》十五年（一九八五年一月——二零零零年九月）中止而終止；我的腳步在摩利臣山道那棟大樓也成為絕響。

有時回首爬格子的歲月，自己也好生奇怪，去一家雜誌社小坐，興趣那麼大，成為一天的大快事，只因主事者是我喜愛和敬愛的劉以鬯先生。它成為我一生最美好的寫作回憶，也影響我更喜愛文學，寫作，從累到不寫最累，一直到今天。

不知劉以鬯先生到了另一個世界，還編雜誌嗎？我一定會繼續向他投稿。

而且，一定會再到天樂里他那辦公室小坐。

二零一八年六月十二日

我的文學老師

——懷念香港文學大師劉以鬯

●東瑞

走過幾乎一個世紀的香港純文學旗幟、香港文學之寶、香港文學大師劉以鬯先生，猶如一顆巨星殞落了！二零一八年六月八日午夜，手機傳來劉以鬯夫人發出的訊息：「劉以鬯病逝東區醫院二零一八年六月八日十四時二十五分」。我和瑞芬感到驚愕突然萬分，瑞芬馬上回以：「啊，非常突然，我們非常傷心難過……劉太要保重！……」是夜無眠，想了很多。

劉先生的逝世，是香港文學的損失，也是世界華文文學的損失，他是大師級文學人物，影響了海內外文學界及文學愛好者整整半個多世紀。而他的影響，不僅在文學方面，在工作作風、為人方面，也始終是不少人仿效的楷模。

我何嘗不是其中一個受惠者？

我業餘創作四十五年，出了一百三十八種著作。在香港這樣的商業社會，我能堅持而不悔，無法不提劉以鬯先生對我的栽培和影響。雖然咱們從來沒有以「師生」相稱，我幾十年來都是稱呼他「劉先生」，更未曾為拜師而搞那些下跪奉茶的繁文縟節。認識他於八十年代初期，當時我在一家大書店編一本讀書雜誌，他知道我業餘寫點稿貼補微薄的薪水（當時他編香港《快報》的副刊《快活林》，編《星島晚報》的文學週刊《大會堂》，還主編《香港文學》），他就向我約稿。我就寫給他。因此，他對我的教誨和影響，極少「言教」，幾乎都是「文教」、「工教」和「身教」。

文教：與眾不同

所謂「文教」，就是「文學之教」。

認識他的時候，他的《酒徒》、《寺內》等集子已在臺灣出版，但他在香港文壇的名氣卻不像今天那樣如日中天。他許多原在報上連載的小說是後來經過他大幅度刪修後出版的，如《島與半島》、《他有一把鋒利的小刀》、《對倒》、《打錯了》、《酒徒》、《不是詩的詩》、《暢談香港文學》、《模型•郵票•陶瓷》、《天堂與地獄》、《甘榜》、《熱帶風雨》、《吧女》、《黑色裏的白色　白色裏的黑色》和《香港居》等等，因為技巧「現代而先鋒」，走一條獨一無二的「現代現實主義」的香港文學創作道路，造成巨大影響。

他說，他創作就是喜歡「與眾不同」，這成了他創作的「金句」。如：他的《島與半島》將真實的新聞和虛構的人物結合起來；《他有一把鋒利的小刀》運用了內心獨白與客觀敍述的結合；《對倒》採取了雙線平行結構，以人物不同視角描述香港人事、景觀和社會；《酒徒》用酒徒的身份融入大量篇幅的意識流，既寫香港文學的艱難處境，也描述了對中國新文學的看法和得失；《寺內》以現代元素和詩意抒情重構《西廂記》；《黑色裏的白色　白色裏的黑色》異峰突起，把現代印刷的陰陽凹凸都納入他的文學軌道。劉先生不但在他的長篇小說做了大量文學實驗，而且還在他的不少小小說和短篇裏對小說進行了新技巧、新寫法的嘗試，顛覆小說傳統，有時，他的小說裏是沒有人物的，只有道具；有時，他的小說裏全部是對白，沒有一句敍述和說明；有時他的小說以詩情的文字、氣候的隱喻寫政情……最典型的代表作是《打錯了》，全文兩大節大部分文字都相同，不同的只是一小部分。發表時爭論四起，時隔幾十年後，轉載的何止二三十家？可以說，劉先生作品的現代性和實驗性比中國大陸很多文人的創意都早，只是他身居南方一隅的彈丸之島、商業氣息濃重的香港，廣大文學讀者未必知道他，甚至沒有讀過他的小說。

劉先生的主張極大影響我。我從當初以為小說的任務只是講述一個完整的故事到後來認為每一部小說應該都是一件獨一無二的藝術品，都有賴於對劉先生說的「與眾不同」四個大字的感觸，更重要的是讀了他大量重要的長篇和短篇之後的觀感。這就是他經常說的每篇都追求不同的創意，也讓我真正明白了「創作」是「創造一件藝術品」，使其價值永恆長久，不因歲月的流逝而過時或貶值。我在他作品影響下，也力求在寫小說時變化著表達形式，希望技巧多變，配合着不同的題材。如我的長篇小說《迷城》、《暗角》、《人海梟雌》、《再來的愛情》以及大量短篇、小小說都運用了不同的技巧。

還有，他對寫作的熱愛，半個多世紀如一日，從不後悔，從不厭倦，從二十幾歲開始寫，一直到他八十幾，至少也有一甲子年。他那種毅力是驚人的，儘管香港缺乏文學生存的土壤，他還是那樣興致勃勃，從不灰心喪氣，這也唯有看破名利才可能辦到。編報紙副刊待遇是很少的，他有段時間，每天業餘就寫十幾個專欄，字數累計一萬多字，那種堅持也是很罕見的。那個時期樓價沒有那麼高，憑著爬格子，他創造了自己買樓的奇跡。正如一個人做一件好事不奇怪，最難得的是每天都做一件好事，而一個作者每天寫一個專欄不奇怪，最驚人的是每天寫十幾個專欄，這就太了不起了。這個拚命精神也大大感染我，我喜歡了名家說的「勤奮是人類的救星」那句話，我在業餘時間每天寫過五個專欄，在大排檔的旮旯時間完成我的大部分長篇；在劉先生編的《快報》副刊五人合寫的專欄，我常常供稿最勤最多，解決了一些作者沒來稿報紙開天窗的危機。

當然，寫得多，有時未必就寫得好。劉以鬯將他寫的分成兩大部分，「娛樂別人」（娛樂讀者）的和「娛樂自己」的。前者，比較通俗，故事性強，能吸引一般讀者；後者，文字上雅俗共賞，但技巧現代，還帶有實驗性，物件是愛好純文學的小眾。劉先生率先出書的都是後者，而且出書前都經過大幅度的刪節和修改。像原來五十幾萬字的《對倒》，出書時刪到不足二十萬字。當然，劉先生所謂的「娛樂讀者」的書稿，並非毫無意義，比起市里坊間那些寫鬼怪色情離奇故事的，劉先生的這部分，高明得多了，像《吧女》《香港居》都富有文學和認知價值。這種嚴肅的出書態度，也給我做出了榜樣，我率先出書的，都是比較有文學價值的部分，不少稿件還是給我淘汰了。

劉以鬯為人謙虛，很少宣傳和鼓吹自己。有一年我們約他到「香港書展」我們的攤位為讀者簽名，他說「很多年輕讀者並不知道我，我書的讀者，年紀偏大」，結果，不少青年人都買他的書，請他簽名。比較之下，那些稍有名氣的青中年作家常常不可一世，在文學的高山大海面前，其實是多麼的微不足道，令人想起了「樹大枝彎」和「水淺聲響」的兩種極端境界。

最為人們所稱道的是，幾十年下來，他所寫的作品字數，應該已經不是以千萬計，而是早就超億了，但從來未見他的作者簡介那裏標榜他寫了多少字，不像一些人，從來不論作品品質如何，對於寫了多少字津津樂道，比起劉先生的大氣，實在應該慚愧才是。他寫了超億的字數，認為比較滿意的只有《酒徒》和《對倒》等少數幾部。這一點也讓我很欣賞，在出書的作者簡介中，我從來不寫自己四十五年來寫了多少字，在我看來，這確實沒有甚麼意義的。

還有一句金句很精彩，來自有次我們訪問他，有甚麼話要贈送給愛好寫作的年輕人嗎？他說了一句；「多寫少發表」。實在發人深省啊！

工教：認稿不認人

所謂「工教」，指劉先生身為編輯的教誨。

劉以鬯不但是著名資深作家，也是著名老報人。儘管他那麼著名，依然不是專業作家，他的正職是編輯。在香港，沒有如大陸一般的作家制度，香港一般文人處境都不好。需要兼職的很多。

劉以鬯做編輯，栽培無數後進，貢獻很大。不像一些人，用稿看人，搞關係，搞交換，搞「文藝公關」，實行文藝公關策略。他最出名的一句話是「認稿不認人」。不是看作者是誰，而是看文章寫得怎麼樣，品質如何。

他審稿，反對在文章裏攻擊人；他尊重每一位作者的文風和語言習慣，只要不屬於錯誤的，他都允許保留，很少無端改動。

劉以鬯做編輯，最特別的是，用不用都會親自打電話給作者。用，他會告訴你發稿了；不用，也會告訴你為甚麼不用。有時候，讀到他滿意的，會稱讚幾句，令作者大感到鼓舞。我就經常接到他這樣的電話。那時候，我不過是一位在文壇上剛剛寫作的普通作者，我的稿劉先生不斷採用，大大鼓勵了我走上業餘創作道路，此生不悔。

他敢於反對和棄用上面老闆因私人關係而交來的未必適合發表的稿件，哪怕代價是炒他的魷魚，表現了一位正直的漢子、老編者的錚錚骨氣和正義感。

純文學的發展在香港很困難，文學期刊都很短命，無法長期出版下去。報紙的文藝週刊也不斷萎縮或大幅度減少篇幅，劉先生表現了極大的勇氣，他約了很多純文學作者寫專欄。這些作者寫稿都很認真，也都很嚴肅。他們缺乏文學創作的地盤時會把純文學的小說啊散文啊評論啊「化整為零」地分割，分次地放進豆腐乾式的專欄裏。這樣，雖然包裝的形式是

「專欄」的殼，內裏裝的卻是純文學的「肉」。以後出書，依然是結集成純文學的書。在純文學生存極其艱難的時期，他敢於那樣做，那是需要膽識的。

還有一點，恐怕許多香港作家和《星島晚報》「大會堂」週刊的作者都會記得，劉以鬯對美術、設計也有高度的鑒賞能力和審美眼光。他設計、編排的每週一大版的「大會堂」文學副刊，就出版得很美，令人愛不釋手。那個時期，報紙還沒發展到以電腦編排，都是『撿字黨』（排字工人）撿了字粒後，專業人員按照主編的設計編排版面的。劉先生每一期都需要自己劃版，劃出文章的大致位置。一家商業晚報，因為每週星期三的純文學副刊《大會堂》而大受文學讀者的歡迎；一個文學副刊，因為設計編排得美觀精緻而獲得一致讚美聲，令其讀者更多。

令人最稱讚的是他主編了十五年的《香港文學》，那種獨特的風格如今已經成為絕響。他編的《香港文學》具有三大特色，今天的文學刊物沒有一本和它相似。第一，雜誌是採用直排的；第二，雜誌一半彩色，部分雙色，部分黑白，插圖和配圖多，形成了一種具有「畫報」味的風格。那樣特別的雅俗共賞的編排，大大增加了可讀性，不像今天的一些文學刊物，往往千人一腔，萬人一面，一旦翻開就分辨不出是哪一本。第三，劉先生具有高瞻遠矚的眼光和寬闊的襟懷，從八十年代中期創辦《香港文學》起就刊登世界各國的華文文學作品，有些人望文生義地認為這和雜誌名稱《香港文學》不符。劉先生力排眾議，據理力爭，事實也證明，那些原來對他頗有微詞的，後來都無不欽佩劉先生的目光是超遠而正確的。

劉以鬯嚴格地將政治和文學分開，雖然從最廣義上來說，文學離不開政治，文學裏也有政治，但狹義的政治未曾在劉先生採用的作品裏出現過。這就令他主編的《快報》副刊「快活林」、《星島晚報》文藝副刊「大會堂」和《香港文學》（一九八四—一九九九）保持了文學的純潔性。

劉以鬯先生的「工教」即編輯策略和工作作風極大教育了我們。我們在編輯出版青少年雜誌《青果》時，明白了出版一本刊物不是為了私人目的，而是為了提供文學寫作的園地，栽培文學接班人。《青果》也是認稿不認人，文章只要通順，沒有病句，很少修改；《青果》對水準較差的稿件也刊登，希望學生得到鼓勵後，能夠越寫越好。《青果》得到海外一些有心之士的少許資助，也得到本港不少中學老師的支持，經常協助我們搞學生作品專輯。《青果》是真正的、沒有功利心的、純粹是為提供給香港少年寫作、發表作品、培養文學接班人的乾淨園地，不像香港個別刊物，宗旨堂皇冠冕，可是暗地裏充滿利益交換。可惜《青果》由於缺乏長期的關懷、經濟資助和生長土壤，沒有能繼續出版下去，只是出版了十年（一九九八年至二零零八年），但我們的那些做法顯然是從編多種文學報刊的劉先生那裏得到啟發和力量。這是他編輯出版方面對我們的教育。

身教：簡單純樸　潔身自愛

所謂「身教」指劉先生的為人作風。

劉先生為人簡樸，身體偏瘦，到了六七十歲的時候，走路很是勤快。我最佩服他的是辦事效率很高。他究竟在業餘是怎樣完成那十幾個專欄的，我不清楚，我沒看過。我認識他時，他停掉了不少專欄。我只知道他是下午兩點到《香港文學》雜誌社審稿發稿的，到五點左右就到快報編副刊，不到兩個小時也處理完編務，這樣的高效率我在其他編輯身上很少看到。一個人辦事的高效率和責任心、與經驗及智慧很有關係，也與信任作者有相當大的關係；當然，一個編輯的高效率更與對文字的敏感和對文章的領悟很有關係。從劉先生這些本事，我也學到不少東西。如；編輯主要的責任是編而輯，而不是甚麼編而改。出版一個作者的書稿，是尊重他的文風，相信他的書稿已經達到出版的水準才出版的；一個作者的書稿如果需要大改特改，改得面目全非才出版，寧可不出，等他交來一部基本上不需要改動的書稿才出版吧！再說，將一部文風與你的文風不同，因而讓你看不慣的書稿大改，或將一篇文章按照你的語言習慣或文風改動，那麼它已經成了你的文章而不是作者的文章了。劉先生在審稿時就是嚴格地把握幾個審稿尺度，令他的工作效率特別高。這是對我三十幾年編輯生涯影響力絕對舉足輕重的經驗和策略。劉先生栽培新人不遺餘力，有好幾位後來都成為香港文壇的大家；我們也深受影響，辦出版社，不能人家捧紅才來搶作者，要自己發掘才算你的本事。我們也出版了不少香港作者的第一本書，尤其是兒童文學類的書，這對她們鼓勵作用非常大，後來，這些作者都獨當一面繼續寫作，有的出了好幾本書，有的寫得越來越好。

劉先生處理編務快刀斬亂麻，化複雜為簡單。

他的書，封面他自己設計，特點也是「簡單」兩字，簡單的色彩方塊組合，簡單的線條連接，簡單的構圖，擺在書店，反而非常突出和奪目。我們也受影響。

他的書名，最常見的是兩三個字，如《酒徒》、《對倒》、《吧女》、《打錯了》、《香港居》、《島與半島》等等，長的也有，那是因為需要。我們出版社的出版物，書名也以簡單、簡潔為主，如《童年》、《回家》《父親•母親》、《小站》等等。

最喜歡的是他小說的語言，精煉，沒有水分，乾淨俐落，刪無可刪。能做到這樣的地步，那是生活的歷練，是化繁為簡的功夫，是與人為善、心目中有讀者的緣故。雖然這屬於「言教」（「言」不是指他的「話」，是指他的文學語言），我卻當是他為人的重要原則。

記得在劉以鬯先生主編《香港文學》的十五年間，我隔一段時間，下午時分都會上《香港文學》社小坐，劉先生無論編輯多忙，都會放下手上的編輯工作，陪我講一會話。他對我這樣一個晚輩、後輩是那樣客氣，哪裏像一些人擺出那麼大的架子？坐視不見。那個時候，雜誌社收到一些用報紙標題剪下了的字粒粘貼連接的匿名信，他都一笑置之，說不必理睬它。劉先生為人正直、剛直、耿直，身正不怕影子斜，他的無畏，我很欣賞，我做人也素來光明磊落，胸襟廣闊，對於閒話，學到了一套對付的辦法，那就是從這隻耳朵進，從那隻耳朵出！根本不放在心上。

現在很流行「感恩」一詞。有真也有假。文壇上的投稿和發表、作者和編輯的關係，如果純粹變成了十足十的「文事」，那麼那就是一件很美好的事情，惺惺惜惺惺！如果滲雜了人事、應酬、男女曖昧、利益交換，那就很不幸，就不是那麼純淨美麗了。不幸，有的人就有那麼一腿，不是那麼乾淨，令文學那樣神聖的事業蒙羞，甚至比商場還不堪！像劉以鬯那樣名聲如日中天的大作家，本來為文事而急功近利、可以向他投懷送抱的女性應該不少，但他為人正派，堪稱標準的正人君子，一些急於求成的女性，就會知難而退。現代社會像他這樣的人，就如森林裏的「珍禽」那樣，快要絕種了。劉以鬯那怕是在小說裏，寫男女情，也是點到即止；生活裏，他一直潔身自愛。第一，他有一位能幹的、優雅賢慧的夫人羅佩雲，他不需要另類女性給他再送一份額外的溫柔；第二，他嚴守夫妻互相信任、忠誠於對方的婚姻之道，敢於在自己的書內扉頁寫下：「五二年赴星馬報界工作五年，五七年回港，同年與佩雲結婚，甘苦共渡五十載，未嘗二十四小時分離，適逢獲益重出本集，順便作為我倆金婚紀念。」這樣的愛情誓言，如今，有誰敢於那樣拍著胸膛說這樣扔地有聲的話？文壇有一段時期，流行「文人風流，才可以激發創造靈感」的謬論，不少文人為此弄得家庭破裂，聲名狼藉。劉先生的高風亮節和劉夫人的賢淑優雅以及他們的互相關愛，無疑成了我和瑞芬的相處的榜樣和相愛的典範。

有劉以鬯先生做我文學創作道路上的榜樣和引路人，真是我今生最大之幸！

像他那樣的作者

●東瑞

像他那樣一個作者，我們該怎麼說才好？

他，指劉以鬯先生。稱「作者」，而不稱「作家」。因為我們感覺得到，雖然他早已聞名於海內外的華文文壇，但他卻謙虛地視自己為普通的「作者」。他創造了歷久不衰的文學經典《酒徒》《對倒》，也創造了純文學的銷售奇跡，可是從不把自己視高人一等。

他早期在上海做過出版，明白出版業的艱難。他的《對倒》交由「獲益」出版，我們把初版版稅奉上，他婉謝了：「你們能夠出版，已經幫了我了。我不能讓你們虧本，這個錢不能收！」

看，一個寫了半世紀而且被公認為「香港第一把交椅」的資深作家，是怎樣對待他的書的出版的，是怎樣支持一家小小出版社的。

我們該給他頒一個「最佳作者獎」。理由兩個就足夠：一是他獻上了一流傑作，二是他不講酬勞。香港社會，有誰可以做到這兩點呢？就我們接觸到的一些，是缺乏自知之明的。作品既不怎樣，卻時不時就來「追」版稅，生怕被「出版人」遺忘掉。這樣的作者，可以諒解的是他完全不了解文學在商業社會的困難處境，以為人家會像等米下鍋那樣渴讀他的書。在他眼中，出版者都是「奸商」，會從中苛扣他應得的。出版者，本就有出版商和出版人的區別，一旦你投身此行業，被人當着「奸商」，箇中滋味不知怎麼樣？

許多作者也許不知，他寫的書一年都賣不出一本，或者，銷個十本八本吧。我們不敢說一定是他寫得不好！一些大作家的書不見得就暢銷！有的書，同是純文學，卻一紙風行。市場有規律，也有莫名奇妙的現象。我們或許必須承認商業社會對文學的壓迫；我們或也該反省一下自己所寫的東西如何。不要老怨出版、發行不力，不要老怪書店不入他的書。最重要的是不要等版稅來開飯，那要餓死。

有誰能像劉以鬯先生那樣？

我們對他有信心，並不在「銷量一定好」；我們有信心的是他對自己作品的認真，他下過苦功；我們看到了他的文學創意，他對文學那種嘔心瀝血的苦思和奉獻。

《對倒》書列樂文書店一月暢銷書榜第四名，發行商中華書店一月暢銷書榜第二名。他很高興，卻從不狂妄，仍是十分清醒。這期間，香港傳媒、報紙，因為這長篇和電影「花樣年華」的關係，掀起了一股對他、對《對倒》訪問、宣傳的熱潮。明報、東方日報、文匯報、號外、上海文學報發表了數篇份量極重的文章和報導。

也要感謝印尼的某日報，照文全登了本人的八篇書話。這本價值不亞於香港最好的長篇《酒徒》的《對倒》，目前已在趕印第二版。劉先生創下了純文學初版不足兩個月就再版的奇跡！《對倒》將現實、現代各種技巧融合，其結構之美，令人嘆為觀止。劉先生把小說的現實主義和現代主義結合的技巧，相信對海外作者也有借鑑作用。

原載東瑞《奶茶一杯》獲益二零零三年六月版

望星空的智者

●東瑞

八十餘高齡的劉以鬯先生一向關愛年輕作者，大力挾持文壇中的新人。在他編的高水準文學雜誌《香港文學》上發表第一篇作品的每個年輕文友，對這位資深前輩、品格正直的老作家、老報人都充滿好感並滿懷感激。不僅如此，一年前，我們創辦青少年刊物《青果》。邀請他擔任名譽顧問，他亦滿口答應，並不以刊物的「稚嫩淺薄」為棄，還題了辭：「《青果》是健康的精神食糧，常吃青果，青可勝藍。賀《青果》」。二零零零年七月，當他無可奈何地被迫將《香港文學》交給另外一個機構辦時，外頭議論紛紛，並謠傳他「年事已高」「退休」等等，劉老儘管心緒欠佳，但始終保持沉默，卻願意將首次公開的言論交予這份青少年的刊物《青果》獨家發表。這就是將在《青果》第十號（十二月底出版）刊登的訪問記《劉以鬯和十五年〈香港文學〉》。在這篇並不長的訪問記中，劉先生以十分精煉的語言總結了《香港文學》的宗旨、原則、特色和十五年來所起的作用。他那重視嚴肅文學雜誌的價值的執着，他辦刊十五年來的心血和心聲，字字情真；而他對立足香港、放眼世界、一直不倦地將世界華文文學作為整體來推動的情操與襟懷，流露無遺，句句感人。而其中，他對新人的扶持，最叫人心熱。劉老說，他一向認稿不認人，新人的稿他會盡量採用，標準定得較低。新人的稿發表後，信心會加強（大意）！在辦刊物用稿標準上，劉老無疑給同道樹立了一個典範。由於這篇訪問牽涉面很廣，稱之為香港「文學刊物史」的一篇相當重要的文獻，當不為過。香港一個世紀的文壇，固不乏重要的、令人懷念的文學期刊，但有這樣一整套完整辦刊策略並述諸文字的，仍比較罕見。時下的一些文學性刊物，或僅為個人名氣之經營；或僅屬同人，標榜某一流派；或唯名家是瞻……給人的觀感，始終少了一種氣魄和大家風範，正可以從劉老的遠大胸襟汲取有益營養。令人感動的是劉老並不急於將他個人委屈訴諸「眾多林立」的成人文學刊物或報紙副刊上，依然首先應允了《青果》編輯部的要求，作了首次心聲披露。

劉以鬯先生也重視各種以一般讀者和青少年為對象的合集、選本，知道這些多人的選集「進入校園」所產生的巨大精神力量，熱情地接受邀請，認真地撰稿：四十八人的合集《童年》，他提供的是《認字與填字》；九十人的合集《父親•母親》，他寄來了《寒風吹在臉上如刀割》；一百人的合集《良師•益友》，他寫出了《老王》。可以說，劉老受邀沒有一次拒絕，除了和邀請的編者熟悉之外，亦跟他認為這些選題健康和十分重要有關。他還表示過《香港文學》願意發表有關這三本選集的綜合高質評論。話猶在耳，人事已變幻。我們真為這樣熱情，謙遜、大力支持艱難出版業的資深作家而深深感動。不像一些所謂的「名家」，首先要問同一本的名單還有哪些人？條件多多，令人頭大。那是不是名家還打一個問號，因為名家應有風範才配稱，一如劉老。有時名家也未必寫出一流文章給你；而真正名家劉先生，他提供的上述三篇，幾乎每一篇都獲得稱讚，引起熱烈的反應。這位名家以最謙虛的態度創作了一流水平的佳作；連繫到一些辦刊的人以「名家」嚇人並阻擋「不是名家」的稿件，令人不勝唏噓，心想他們只要有劉先生品格上的一分涵養就可以了。

仰望夜空，滿天的星斗。無數不知名的星星組成了宇宙的燦爛星光——似乎只有「望得遠」的智者，才能看到和領悟到這一點。未來的作家正是從今天許多不知名的新人成長起來的。無論是讀《劉以鬯和十五年香港文學》，還是憶想到劉老對年輕人的支持，我彷彿一直看到在遼闊大地仰望星空的智者——那就是值得尊敬的劉以鬯先生。

原載東瑞《甜夢》，獲益二零零一年七月版

漫談《香港文學》

——香港「文化沙漠」的奇葩

●東瑞

今年年初，當我翻閱《香港文學》一週年紀念特大號時，禁不住有些驚愕。一方面它的厚度比平時多了一倍（該期共二一三頁，往常則一百頁），卻仍售港幣八元；另一方面裏面搞了一個專輯《香港文學叢談——香港文學的過去與現在》，佔去了整本雜誌一半多的篇幅，頗有珍貴的文學史料價值。

前者，使我聯想到「超值」兩個字；後者，聯想及感慨更多了。首先，我早就了解，《香港文學》編輯人員奇少，搞這類特輯所耗費的時間和精力是很難想像的，這種「付出」實在太大了；其次，我感到特輯的出現，來得及時。因為香港文學史料的整理、搜集、總結，雖然有一些有心人在做，但較之新加坡的華文文學在這方面的成績，是大為遜色的。多年來一直聽到有人在呼籲。在這之前，台灣《文訊》雜誌曾撥出相當篇幅，請了些學者大談香港文學，產生過影響，但隔靴（海）搔癢，有不痛不癢之嫌。誠意固可嘉；但論到份量，《香港文學》這特輯，無疑是首選。時限既回溯至清末，執筆者大多又是數十年間各種文學期刊的當事者、主持人或有關者。陣容之鼎盛，一時無兩。則我可以說，刊在《香港文學》的這個專輯，雖不能認為是對香港文學（至少期刊部分）的總結「到此為止」，但卻是迄今為止，我所見到的最好一次了。起碼，我對戰前至今香港文藝期刊狀況的認識和了解，很大一部分據此而來。很多朋友了解了該期內容，紛紛托我購買是期。我想，歷來多少雜誌被遺忘了，而這期《香港文學》如被圖書館遺漏和不被香港文學研究者所珍存，肯定是一項極大損失。

這一期使我感慨、激動，對編輯《香港文學》的人產生極大敬意。我打電話給劉以鬯先生：「搞這樣的特輯太辛苦了。如果期期這樣，怎麼得了哇？」這一期引起輿論界熱烈的反響。至少，我已看到十數篇好評的文章在報上發表。須知，對一份　雜誌的盛讚，在香港是不多的。反面的例子倒有，例如，曾經有份黃色刊物，就遭到了口誅筆伐。

《香港文學》已經創刊一年多了，共出了十五期。一九八五年年初剛出幾期，曾引起紛紛議論。其中一條是「香港文學色彩不濃」。最初我也持這種疑惑。不過，出了這麼多，我已漸漸放棄這種看法了。尤其是當我在紀念號仔細讀了《第一——十二期總目》之後，更明白了《香港文學》出版的宗旨和編輯者的襟懷。意見之產生，看來對雜誌名稱理解有誤。《香港文學》應理解為「香港出版的文學雜誌」；而不是「專刊香港文學的雜誌」。前一種可以體現一種文學上的胸襟和遠見，將世界華文文學的精品集於一身，後者則不難使自己囿於香港一地而陷於孤立，將他地文學排出在人為界限之外。《香港文學》選擇了前者，據悉，「華文文學」曾是它原擬之命名。我們不妨好好咀嚼主編劉以鬯先生多次強調的「我們決定在被某些人士稱為『文化沙漠』的香港創辦一種世界性中文文藝雜誌」這句話，它的最雄辯的理由是「中國文學是華文文學的組成部分，而任何地區（包括香港在內）的華文文學都是中國文學的組成部分」。我們就可以有了一個標準。

唯有在對文學——華文文學概念的正確理解下，才會正確評價這一本雜誌。我對文學上的宗派主義反感，素來更反對將寫作者（文學工作者）從國籍、地域、甚至籍貫去劃分。年前，中國著名作家秦牧先生曾提出了「華文文學應在世界範圍內交流」的意見。否則，我們又怎能體現出華文文學豐富多彩的面貌？

這麼一想，反而對《香港文學》的胸襟和全局觀點抱萬二分的敬意了。它能擔當此「橋樑」重任是它的光榮！

香港基督教文藝社出版的季刊《文藝》將於今年中停刊；本來已屬擔當重角色的《香港

文學》，在香港眾多刊物中，變成了唯一的一份文藝雜誌，其舉足輕重地位更顯而易見了。回顧它出版一年來，實在做了有目共睹的大量工作，對推動世界和香港文學的發展是不遺餘力的。組稿的魄力夠認真，內容的質素和嚴肅，都顯示它的高水準。尤其是對各地華文文學旳支持、發屈，成績最可喜。一年來，《香港文學》組織了馬來西亞華文作品特輯、加拿大華文作品特輯、新加坡華文作品特輯、美國華文作品特輯、泰國華文作品特輯、菲律賓華文作品特輯以及各種文學獎、中外作家特輯。可以這麼説，要不是一種使命感使華文文學在世界上發揚光大——在推動；要不是香港這麼一個特殊地位；要不是編輯的魄力和威望、才華，這樣一份具特殊使命的雜誌是編不出來的。在目前，我還沒看過有哪一份雜誌（指）華文且是文藝性質的，牽涉到那麼多的地域，作者陣容包括那麼多不同國籍的華文寫作人。大陸有一份《外國文藝》和以前的《世界文學》，其實是刊登翻譯作品。

《香港文學》的內容特色不單止我所説的要想真正了解一本好雜誌，最好的辦法是親自訂一份或買一本來看。介紹往往失之簡略，難免滄海遺珠。

評價一份文學雜誌的成績，最忌短淺的眼光，也不可和一般性的流行雜誌比較「銷量」。我們應該看它的宗旨、水準，它對文學的貢獻，它扮演的角色以及存在的必要。

《香港文學》目前在困難的商業環境中持續出版，這是頗令人欣慰的。

刊於一九八六年四月八日新加坡《聯合早報》

在酒樓與劉以鬯夫婦訪談

●東瑞　蔡瑞芬

日期：二零一零年七月十九日；七月二十八日
時間：下午三時半至五時半
地點：香港太古城中心鍾菜酒樓
出席者：劉以鬯、羅佩雲、黃東濤、蔡瑞芬
受訪者：劉以鬯

整理者東瑞、蔡瑞芬

劉以鬯先生獲選「香港書展年度文學作家」，適逢《酒徒》獲導演黃國兆先生改編為電影劇本，成功地拍成電影，獲益出版社又及時推出他的新書《甘榜》配合香港書展；而繼在香港文學節於香港中央圖書館展覽廳，香港文學資料室為配合活動，舉辦了以《劉以鬯與香港文學》為題的展覽，還於七月十日在演講廳邀請陳德錦博士主講《從劉以鬯的作品學習小說技巧》、黃仲鳴博士主講《左右開弓，劉以鬯的報刊連載小說》、潘國靈先生主講《談劉以鬯小說的影像改編》，聽眾爆滿，反應熱烈。香港貿易發展局除了在香港書展的「文藝廊」圖文並茂、聲情兼具（指播放影像）地展出劉先生的手跡、書稿、相片、舊作、刊登他連載小說的舊報刊外，還「密集」地安排了一系列有關劉以鬯其人其事的專家講座或對談：七月二十二日邀請也斯和黃國兆對談《從改編〈酒徒〉說起——談文學與電影的關係》、二十三日請劉以鬯、謝克、小思座談《與眾不同的創作與人生——劉以鬯老師分享會》、二十四日請葉德輝、黃東濤對談《從劉以鬯的副刊說起——談香港文學的生存空間》，吸引了不少喜愛文學的讀者。如此大規模地，如此重視地為一位創作年齡長達七十年以上的資深老作家宣傳，在商業氣息濃重的香港頗為罕見。

劉以鬯先生的小說寫得很精采，他代表了香港文學的最高成就，堪稱香港最傑出的小說家；劉以鬯不顧被炒魷魚的危險，富有勇氣地將純文學「塞」入報紙的文字商品中，卓有成效地擴大了香港文學的生存空間，他也是香港最好的、一流的報紙副刊編輯。創作、辦報、辦刊、為人，他都是我們的楷模。

趁香港書展開幕前夕，我們應《百家》文學雜誌之約，邀請劉以鬯、羅佩雲伉儷訪問，他們欣然應諾。採訪實際上是四人的隨談形式，為方便起見，簡化成以「問」和「答」表示（整理者東瑞和蔡瑞芬）。

●讀者：拿了一大堆書來簽名

問：香港書展選劉以鬯先生為第一屆年度作家，安排了一系列活動，書展在二十二號、二十三號及二十四號連續三天請了好幾位作家、專家研討劉先生，不知劉先生有甚麼感覺或感想？

答：這些當然都很好啊！沒甚麼意見。七月十八日在九龍的商務還搞了一個讀書會，來了好多讀者。

問：是在佐敦那家商務還是尖沙咀美麗華酒店二樓的商務？

答：美麗華商場那家，不過他們已搬到地庫了。

問：情況怎麼樣？熱烈嗎？

答：我看有一百多人吧！簽名簽了半個多小時吧，主要推廣公開大學出版的《劉以鬯與香港現代主義》和獲益出版的新書《甘榜》，不過像《酒徒》，有獲益出的，也有台灣出的版本。你們獲益出的《童年》都有，最初，我是上面的抬頭和下面的落款都寫的，後來要簽名的書太多了，有一個青年還拿了一大堆來，我看時間上來不及，就只好只是簽名了。

問：近來，一定忙得不可開交吧？

答：深圳最大銷量的報紙《晶報》、新華通訊社都有記者來訪問。本港好幾家報紙先後都打電話來，說要訪問，我說時間不夠，不要一個一個單獨訪問，就一起吧。昨天明報把訪問稿登了一大版，還拍了相片（此時劉太羅佩雲女士取出一份報紙給訪問者看）。

問：劉先生，記得有一年我們在香港書展五號館（青少年館）邀您為讀者簽名，您有些擔心，認為讀者會很少，您說您讀者主要是成人。現在您的看法呢？

答：我看我的讀者群主要是大學生，比以前多了。讀者比較多，有好幾方面的原因。一方面批評文章多了起來；另一方面，在中學的教科書裏收了我好幾篇作品，比如，《打錯了》、《認字與填字》、《寒風吹在臉上像刀割》等，港大有個畢業生做老師，把《打錯了》作為考試題目給學生做，學生都覺得很好看。還有學生問老師，《認字與填字》中，為甚麼可以填「老師打我，我就不來」，那老師回答，做為填字，那是合理的。

問：學生們對劉先生《童年》中的《認字與填字》很感興趣，看來可帶到香港書展。

答：可以的。七月二十三日下午，我、小思老師和新加坡的謝克在書展分享創作體會，可帶些《童年》去，小思也有文章在裏面，讀者一定也很感興趣。

●《酒徒》：電影絕對忠實於原著

問：黃國兆先生改編《酒徒》，把它拍成電影，您們看過嗎？覺得如何？

答：我們還沒看。首先，小說和電影完全是兩回事；好小說拍成電影，未必就是好電影；以前看過不少根據小說改編的電影，有的就不太好，他們畢竟是不同的文藝表達形式。所以如果做導演，就要有思想準備，因為事情很難講。不過，黃國兆的確是有誠意的，他在十一二年前就買下《酒徒》的版權，決定拍成電影，可是當時沒有錢。

電影《酒徒》我們還沒看過，試映那天正好沒空。我們只看了還沒配音的，可以說是絕對地接近原著！也斯看過，他也覺得很好。黃國兆選的演員都不錯，他有意拿去參加威尼斯影展，那裏也有兩個人過來了。

問：都是洋人嗎？

答：都是，不過兩人都會講國語。他們都說拍得很好，不知是說真話還是客氣話。

問：應該是真的，《酒徒》這樣的小說不容易拍成電影，更不容易拍得好，我相信一定很成功。確實是好！我們很期待它的公映。

答：最近，第八屆的香港文學節中，有個「文影共舞」短片創作比賽，參賽的單位可選擇一位香港作家的文學作品為題材，拍成三到八分鐘的短片，得獎作品在香港文學節期間於中央圖書館展出，結果獲得冠、亞軍的都選自我那篇《天堂與地獄》。

問：就是那篇以蒼蠅為主角的。

答：沒錯

●《對倒》：到今天還看不到寫法雷同的

問：對了，目前獲益為您出的書，有幾種已絕版了。比如《島與半島》、《不是詩的詩》、《黑色裏的白色　白色裏的黑色》等，請問選一種再版，您想先選那一種呢？

答：就先選《黑色裏的白色　白色裏的黑色》吧。我比較喜歡，作為書名那篇，一黑一白，形式比較新，比較特別。我寫小說，主張創新、有新意，與眾不同。全世界的小說何止幾千幾萬篇，很難做到與眾不同，但萬一你做到了，你就成功了。

就說寫《對倒》吧！到今天我還看不到第二個人寫得跟我一樣的。天上的鳥和鳥在飛時可能各飛各的，但牠們總有一天會相遇，平時一東一西……有學生問我這是甚麼意思？我舉小說中的例子：一男一女在馬路上走，往往只是擦身而過，從此不再見面；在小說中，男女主角進電影院看電影，就坐在相隔的座位上，可是電影散場之後，他們各走各的……生活中就常有這種情況。

問：在您著作當中，究竟那一種版本最多呢？

答：我也搞不清楚了，《酒徒》和《對倒》的版本都很多。《對倒》有英文、意大利文、法文、日文版。

●編報：業餘每天還寫十一個專欄

問：對了，劉先生，您在《暢談香港文學》那本書內說過：「在香港賣文不能維持生活」。情況是不是這樣？我們覺得，您很了不起，很早就有屬於自己的住屋了。

答：這要分時期來說。像現在就不行。職業作家賣文，如果在六十年代就可以維生。我們現在的住家，已經住了三十幾年了。五十年代到七十年代，我每天寫的專欄有十一二個，一般都是早上寫的。

問：寫一整天嗎？

答：不，我還要工作，編報，一九五七年我從南洋返港，在《香港時報》編「淺水灣」副刊，我編報一直沒停過，還要寫很多專欄。那時每個專欄大約都是一千字左右。總字數達八千到一萬兩千字。那時沒傳真，來不及送稿時，報館會派人來取；我太太佩雲幫忙，有時，我們也叫過白牌車送稿，送完，叫車開到天星碼頭，我們就到海運大廈吃晚飯。每天如果寫得快，就過海去吃飯。報館那裏，我一般都是五時上班；何時下班不一定，反正排完稿就可走！

問：劉先生大半生和報紙結下了不解之緣，最初是如何進報館這一行的？

答：抗日時期我在重慶，在《掃蕩報》做事，和平之後在上海辦出版社；一九四八年來港，在香港時報做了一年，就被炒魷魚了，原因是我不刊某高層交來的一篇文章，一九五二年到一九五七年我到新加坡，回來後又進來香港時報做了兩年，兩年之後就進了快報。

問：快報地址就在船塢里的華夏工業大廈吧？

答：不，那時快報的地址是在灣仔，後來才搬到華夏工業大廈。我從快報創刊的一九六三年，一直做到《香港文學》創刊的一九八四年。

●集郵：是興趣，還是作為謀取生活工具？

問：我們很想知道，劉先生除了寫作興趣，對郵票、模型、陶瓷都很有興趣。這些興趣是怎麼培養起來的？還有，想問的這個問題，請不要介意：書的版稅很少，您們是不是也靠買賣郵票，作為收入的一部分？

答：除了寫作用來謀生活之外，郵票、模型、陶瓷都是我生活的一部分。集郵興趣從八歲就開始了，這個興趣一直維持到現在。模型嘛，寫稿寫到太悶時，用來解悶的，搭疊起來後，又拆掉，又疊，我太太當第一個觀眾在一旁看，有時也參與。說起郵票，最早時，我看到倫敦在拍賣，我於是寫信去問情況。他們寄來了價錢表，我看中的，就寄錢去買。有一個長時期他們每個月都寄目錄來。也不瞞你們說，賺過很多錢。早期的郵票很珍貴，非常值錢！有個時期賣出好多……

問：那套著名的「對倒」郵票，是不是還自己保存着？

答：沒錯，還在！現正借給香港貿發局今屆書展的文藝廊內展覽。

問：一般郵票你們是怎麼賣的呢？

答：珍貴郵票都要拍賣，一般都是在酒店，我們交出去、委託他們就行了。現在我主要是賣出，不會再買入了。

•《熱帶風雨》：下一部想出的書

問：想再請教劉先生其他一些問題。那就是有些小說，寫得深，讀者看不懂，這個問題應該怎樣看？

答：不能說看不懂的小說就不是好小說，世界小說一百強當中，就有一部叫《優利西斯》，很多人說看不懂，說不知講甚麼。有些讀者看不懂，這沒甚麼問題，因為也有一些讀者可以接受。也就是說，不夠水平的讀者就看不懂了。只要有讀者看得懂，作品就可以長期生存下去。

問：有道理。還想問，為甚麼在《新晚報》寫小小說專欄時很特別地用了「太平山人」的筆名，不用「劉以鬯」？

答：《新晚報》是左派報，老總是羅孚，我是在右派機構做事，他邀我寫稿，當然不大方便，所以我用了別的筆名。

問：《打錯了》那本書收七十多篇小小說，出版後也很受歡迎，據劉先生說好像寫了一千篇左右，不知還有意思再選些來出嗎？

答：再說吧。

問：那麼，下一步打算出版的書，是不是上次我們去您們家時看到的那些寫新加坡、馬來西亞吉隆坡的稿件？

答：是。

問：總共多少篇呢？

答：八十篇。每篇都不太長。

問：上次到您們家時，我們匆匆翻閱過，出成書的話，估計會超過《酒徒》一書厚度一點點，也不會太厚吧。

問：這些報紙是不是找了很久？

答：都靠太太幫忙，那麼早期的東西，實在很不容易找啊。找了好幾個晚上，結果太太找出來了！

問：您們的住家，真不錯，慢慢找啊，掏啊，都會掏出很多的寶貝。

答：（笑）……下一部書封面都設計好了。

問：那個封面很不錯。書名呢？有了嗎？

答：也有了。就叫《熱帶風雨》。

問：不錯！上次我們說好，明年初就出這一部。現在劉先生的讀者比以前多得多，都在等待劉先生的新書，我們就不用等到明年，等忙過這一次書展之後，我們可以慢慢地做、慢慢地拿去打字了。

答：也好。

問：今年劉先生被選為「香港書展年度文學作家」，全城讀書界都在「熱」劉先生，我們應該趁熱打鐵！

答：與《甘榜》出版相隔得那麼近，也要看你們出版社的經濟情況啊。

問：沒問題、沒問題的！我們約個時間，拿《熱帶風雨》的稿，開始打字。

答：好！

●忠告：多讀多寫少發表

問：最後，想問一些生活上的問題，如果您們覺得屬於私隱，也可以不用回答或談了不予發表。

答：沒關係，你們就問吧！

問：對於現在和以後的生活，你們有甚麼顧慮或隱憂嗎？換一句話說，也就是，生活上有甚麼問題嗎？

答：沒問題的，既然走過那麼幾十年，我們也早就有所準備和積存。萬一沒有屋住，大不了就去申請政府的公屋哦！哈哈……（劉太笑）

問：哈哈……（大家笑）。

問：版税始終沒多少。

答：版税雖然沒多少，我們兩人的生活也很簡單。總之，生活上沒甚麼問題。

問：有甚麼期望呢？

答：身體健康就行了。

問：劉先生還每天看報紙、讀書嗎？

答：每天都看、都讀。

問：每天的生活都很有規律吧？

答：家裏很少煮食，下午我們兩都到外面吃飯（劉太説）。吃過，我們各走各的，太太回家，我會到處去散步，主要逛商場，走走看看，經常一兩個小時後才自己回家。有時我們也會到中環、上環看看郵票，上環有條街叫永吉街，有些郵票小舖子，已沒甚麼生意。他們如果收到一些郵票就到大陸去賣。現在香港人玩的是香港郵政局賣的新郵票。

問：目前是否還在寫呢？

答：我在構思《電車的故事》，如果想到新的手法，我就會寫出來。

問：香港熱愛文學、喜歡寫作的年輕人不少，劉先生創作了至少超過七十年，如果請劉先生說幾句忠告贈送給他們，劉先生最想說的是甚麼話？

答：「多讀書，多寫，少發表」！

●題外話：到了應該說幾句的時候了

問：接下來的問題，是想問劉先生，也有的想問劉太太；如果覺得沒必要回答，也可以選擇不回應。這個問題是，我們讀到某歌星的回憶錄，提到劉先生；後來又被一些媒體大肆渲染……這到底是怎麼回事？

答：五十年代，我在新加坡工作時，那裏的歌星我是認識不少的。夜晚下班之後的確常到歌台聽歌，因我是在報館工作，很多歌星都會主動與我聯絡，她們都希望有人替她們宣傳嘛。我不否認和她比較談得來、彼此有交往；但老實說，接觸也不過是兩個月時間，和她所說的一年時間事實不符；通信是有，前後也不過兩三個月，根本沒有甚麼幾百封之多。那時沒有電郵、傳真、手機短訊，電話也不普遍，通信是一件正常不過的事情。這些，其實本來沒甚麼好講的。畢竟後來已各走各的了。至於說我回到香港，叫她回到我身邊，這是很荒謬的，那時我已結婚了啊。其他的事我真不想多說了。五十年代，我認識那麼多歌星，包括她在內，我沒有佔過任何人一點便宜。認識她是在一九五三年，相隔兩三年之後，於一九五六年認識我太太，一九五七年我們就結婚了。

問：劉先生，文化界都說您有個漂亮的太太，您們是在新加坡認識，還是在香港認識的？是在哪裏結婚的呢？

答：我們是在新加坡認識的，結婚則是在香港。記得那時我自己身體不太好，職業也很不如意。認識佩雲之後，她對我很好，十分照顧關心我，實在可以用「情深義重」四個字去形容。當時佩雲留下來陪我，前後陪了我十個多月。後來她在新加坡的居留期到了，我就毅然決定和她一起回香港結婚！那時，我可以說一切從頭開始。為了生活，為了維持一個家庭，我才寫得那麼多。

問：那是那一年？

答：一九五七年吧！

問：劉太，輪到我們問您一些問題了。

劉太答：問吧！

問：劉先生說，和您是在新加坡認識的，劉太為甚麼會去新加坡的呢？

劉太答：我那時是在香港跳現代舞的。當時的香港，很時興組團到外埠演出，包括到新加坡。這一類團體，甚麼都有，唱歌的、舞蹈的、雜技的……我第一次去新加坡是在一九五三年，先後共去了三次，在那兒表演，頗受當地觀眾歡迎，用現在的話說，就是很「紅」！我連續去了三次，就在第三次認識了劉以鬯。事情就是那麼簡單。我那時一邊演出，一邊陪他。過了兩三個月，整個團回港了，我就留下來陪他。後來我們決定兩人一起回港。剛才劉生也說了。

問：劉太，劉先生和她曾經交往的事，在你們結婚之前，您知道嗎？

劉太答：他所有的事情，我都知道。我覺得，那些已經是幾十年前的事了。既然說劉先生是她心愛的人，那就更不該在幾十年之後，將以前那些交往拿出來作為一種宣傳來傷害他！不如作為一種美麗的回憶，不是更好嗎？

劉先生在香港，他的品格是怎樣的，文化界都是知道的。

問：劉先生這十幾年來在香港文壇、海內外有很高的知名度，被稱為名家、港寶，太有利用價值了。反過來，假如劉先生今天仍然寂寂無名，沒有人知道他是誰，可能不會有人有興趣提他了吧！哈哈！

劉先生，想問一下，您和太太幾十年的生活是否過得愉快？

答：當然愉快。太太在這幾十年中照顧我的生活起居，到了無微不至的地步。尤其是近年。我年紀大了，很多事都靠她幫我處理，我實在很感激她。

問：劉先生，可以再問您一件事嗎？

答：沒關係，儘管問好了。

問：聽說您曾經在上海有過一次失敗的婚姻，是真的嗎？

答：是有，但這不如意的婚姻，前後只維持三年，有一個女兒。這是我的錯，我沒弄清楚，對方要的只是錢。

問：今天很高興，第一次聽到劉先生和劉太的「愛的故事」，關心您們的讀者一定感到很新鮮。

答（笑）：看來是獨家了。你們今天很有誠意地來訪問，我們也很信任你們，所以就談了一些以前從沒談過的事情。

問：對了，對於媒體那些炒作，您有甚麼看法呢？

答：我是一個男人，我不想多講這些問題，我只是想澄清不是事實的東西。我在二零零七年出的《天堂與地獄》一書的序言中，有這麼一段：「五二年赴星馬報界工作五年，五七年回港，同年與佩雲結婚，甘苦共渡五十載，未嘗二十四小時分離，適逢獲益重出本集，順便作為我倆金婚紀念。」一實際上已經回敬那些炒作了。記得在那本書的扉頁，還刊了我們在五七年拍的一張照片。我的所有一切都屬於佩雲的。

問：好，說得好，我們也希望炒作到此為止。今天十分感謝您們在百忙中抽空出來讓我們訪問。訪問稿整理好後，會讓您們過目。真的好感謝！

二零一零年七月二十六日初稿
二零一零年七月二十九日修訂

【名人訪談】劉以鬯專訪

——我的小說是現代現實主義

生於一九一八年的文學大師劉以鬯先生是中國文化院顧問。炎炎夏日，我們和劉先生伉儷相聚，只見他精神矍爍，中氣十足，笑語歡聲，串串意識流似的記憶在腦海中湧現，印象最深的是上海往事。或許，這正是他的創作的靈感來源。我們請來劉先生的好友、著名作家東瑞先生專訪了劉先生，回答了他在創作中當新聞遇到文學、東方遇到西方、理想遇到現實、新遇到舊、正遇到反等問題。從某一角度折射出大師大半個世紀「一手寫雅，一手寫俗」的多面人生。

——編者

劉以鬯，原名劉同繹，字昌年，一九一八年十二月七日生，祖籍浙江鎮海，一九四一年上海聖約翰大學畢業，曾經在重慶、上海、香港、新加坡、馬來西亞等地任報紙、雜誌編輯、主編。一九九四年為香港臨時市政局「作家留駐計劃」第一任作家。一九八五年一月至二零零零年六月，任《香港文學》月刊總編輯。二零零一年獲香港特別行政區政府頒授榮譽勳章，二零一零年獲選為香港書展第一屆「年度作家」，近年連續獲香港藝展局頒「傑出藝術貢獻獎」和「終身成就獎」。台灣拍攝其傳記電影《劉以鬯：一九一八》。一九三六年開始發表作品，主要著作有《酒徒》、《對倒》、《寺內》、《打錯了》、《天堂與地獄》、《島與半島》、《他有一把鋒利的小刀》、《甘榜》、《黑色裏的白色　白色裏的黑色》、《熱帶風雨》、《吧女》、《香港居》、《不是詩的詩》、《模型•郵票•陶瓷》、《暢談香港文學》、《劉以鬯實驗小說》等等。

劉以鬯獲香港藝術發展局頒發終身成就獎，表彰他對香港文學藝術發展的重大貢獻。圖為他從立法會議員馬逢國手中接過獎項。（二零一五年四月）

問：您開創香港文學意識流寫作先河，堪稱中國當代意識流大師。在香港，您的作品是不少學生心中前衛文學作家的第一人。從小說裏去想像作家，總是有距離。如今，您站在近百年人生的高度，能否談談真實的自我？

答：「從小說裏去想像作家，總是有距離」，是的，作品和作家有時候當然不全一致，但在我小說裏，不時出現一個為報紙寫稿的人，例如《酒徒》、《香港居》，而且不是次要的配角，很多時候，還是最重要的大主角。我的人生觀、價值觀大部分就通過他們寫出來。正直、負責、有同情心，這些都是真實的我。

問：現代本土文學家從不同角度講述香港故事，若要建立一套香港文學理論，您認為核心價值是甚麼？香港文化和中國文化、嶺南文化和西方文化的關係？

答：香港的核心價值大概在不同的作家裏，會有不同的表述。我的看法是，香港的核心價值不是政治上的獨立和本土性，而只是經濟文化上的獨特性，整體上隸屬中華文化，充滿了一百多年來港英統治下的某些色彩。包括了經濟上的自由開放、衣食住行的地方特色、創作上的百花齊放與自由精神。香港地處亞洲中心，上下東西往來很方便，文化屬於中國文化的一部分、世界華文文化的一部分，與嶺南文化接近而互相影響，也深受西方文化的影響，形成自己的特色。

問：您大半生的寫作生涯，從報館編輯到專事小說創作，在理想和現實中穿越，多套筆墨。不斷創新寫作形式，一直追求與眾不同。您怎樣看待新與舊、理想和現實的衝突？

答：新與舊、理想和現實的衝突，我的看法是，舊東西不能完全排斥和刪除，很多舊的東西是合理的，是基礎，但很多舊的事物、舊的創作方法，如果不翻新，不改變，那就成了因循守舊，缺點、不足之處很多，始終會被歷史淘汰。文學上的現實主義，生命力很強，但發展到今天，限制很多，表現力不足，因此可以從現代主義那裏取經，發展成現代現實主義，我許多小說就是如此，現實性很強，但已經結合了很多的現代技巧。不錯，理想和現實有衝突，也很正常，我一手寫娛樂自己的，一手寫娛樂別人的，就是調節和中和這種矛盾衝突的其中方法之一。

問：很多年青人是認識了王家衛的《花樣年華》才認識您，為此，您怎樣看？

答：王家衛的《花樣年華》電影，他只是受到我書的啟發和影響，畢竟電影和原著、情節和精神還是有很大區別的。

問：您最喜歡《對倒》，最喜歡集郵。這種一正一負、交叉並行的思維方式，是否成了您基本的世界觀？

答：因為兩枚郵票的錯置（對倒），給了我創作《對倒》這本書的靈感。小說結構就以兩條平行線而差點有所交錯開展，到最後兩個人也沒有見面，只是擦身而過。我喜歡這種創新的、與眾不同的寫法，幾乎沒人這樣寫過。這只是我創作的一種形式。我的整體世界觀恐怕要到我幾部重要作品裏去找，裏面很多我的價值觀和對世界的看法。

問：您創辦《香港文學》。在華文文學的世界裏，是一個跨地域的前瞻者。您對於東西文化、內地和香港文化的衝突和融合，有甚麼體會和見解？

答：當年我創辦《香港文學》，除了刊登香港文學作品之外，也發表世界各國的華文文學作品，就有少數人非議，為甚麼名實不副？他們不明白，香港文學既屬於中國文學的一部分，也是屬於世界華文文學的一部分，我們在推動香港文學發展的時候，應該連世界華文文學也一起推動。因為不同地區的華文文學可以取長補短，互相取經。香港文學屬於內地中國文學的一部分，但具有自己的獨特性；西方的現代創作手法和技巧、現代思潮，可以為我所用。我覺得香港這個地方處於東西之間，很有優勢，地位無可取代。

問：您如何評判香港現時的創作環境？若年輕人要寫小說，您對他們會有甚麼提點？

答：香港是商業社會，純文學的創作環境比較惡劣，許多所謂的文學不過是商品而已，雖然成立了有關援助機構，但整體上對純文學的支持還是不很夠的。香港文學雖然富有色彩，但新人缺乏鼓勵，成長比較慢。現代年輕人如果要真正寫出好小說，文字基礎一定要打好，不要以隱晦偽裝高深，應該深入淺出，那才是最高境界，不妨努力些，多讀，多練，多寫，拋棄名利思想，不要急於發表。

問：最近上映的紀錄片《「他們在島嶼寫作」劉以鬯：一九一八》您怎麼看？

答：傳記體電影《劉以鬯：一九一八》，有誠意為香港文學其人其事留存資料，還請作家本人及有關人物進入銀幕，現身說法，我想這是非常難得和珍貴的；影片還把我的主要作品的內容以簡潔的手法介紹給讀者和觀眾，我非常感謝投資人和拍攝者作出的努力。

問：您怎樣評價和太太一起走過的半個多世紀歲月？現在又是以怎樣的心情過日子？

答：非常感謝太太陪我一路走過來的漫長歲月，沒有她的關心和協助，我不可能走到今天，「攜手同行，此生無悔」就是我的評價，我感到這一生很滿足，北京將為我出一套劉以鬯文集，我興奮地等待。我沒甚麼格言，最喜歡講的是「與眾不同」。為文、做人我想這一句話都是合適的吧！

二零一六年七月六日 東瑞 中國文化院網

香港文壇上的劉以鬯旋風

● 走進書展文藝廊……

二零一零年七月二十三日下午五時許，我們走進香港會展中心的文藝廊。在香港書展開幕酒會上，多位香港政府官員站在台上。

異乎尋常的安排——

一些官員致辭之後，很快就宣佈「香港書展年度文學作家」——劉以鬯的名字。劉先生慢慢走向台，數碼機閃爍不停；一會，特區政府第三把手、財政司曾俊華走上舞台，與劉先生握手，並頒一個獎座給他。

台下的官員、嘉賓都熱烈鼓起掌來。與此同時，舞台背景正在播放採訪劉以鬯先生的映像短片。全場無數雙目光，都聚焦於劉先生身上。劉夫人羅佩雲女士站在前台，全神貫注地望着香港文壇的這一歷史性的、罕有的場面。

似水流年，往事如煙……劉夫人這時在想甚麼呢？

也許，在想着那和劉以鬯一起走過的艱難歲月，像電影般一幕幕在眼前掠過；劉以鬯，在最艱難的日子裏爬格子竟然爬到每天十一塊專欄！如今終於熬出頭來了！熬出頭來了！

環顧香港書展那麼大的一個場面，最大幅的畫像就數文藝廊的劉以鬯畫像！細觀書展開幕酒會上的大大小小、形形色色人物，獲頒獎項的唯劉以鬯一人！「稿匠」居然成了書展的中心人物！

激動得好想流淚。

劉以鬯不是代表他一個人而已；他是香港純文學的一面光輝旗幟。與夫人羅佩雲女士的金婚紀念不是人人都能一起走到的愛情長路；創作艱難路上左右開弓的堅持，更屬香港文壇的奇蹟。在報紙滿版的文字商品中塞入純文學作品，更體現了劉以鬯的凛凛風骨。

劉以鬯的一系列經典作品，代表了香港文學的最高成就；劉以鬯栽培了無數香港文學的新人，他們都是他廣義的「文學孩子」。他的成就頗全面，既娛樂別人，也娛樂自己；既自己創作，也在創作上扶持他人一把……

在大規模的公眾場合，文學被如此重視，作家獲這樣的殊榮，在此之前，我只見過一次。那是在二零零四年年底的台灣「金門日」，當時的金門縣縣長李炷烽親自將坐在輪椅上的印尼華人老作家黃東平推上台，頒《黃東平全集》十大卷給他，全場掌聲經久不息，令站滿全台、待領獎的海內外企業家黯然失色，造成轟動效應。那時，我也好想流淚……

●走進演講廳……

隨着愛好文學者的腳步，在這一個「劉以鬯年」，聽一聽專家、教授、博士、作家、評論家們對他小說的議論、評論或評述吧。

七月十日下午，我們走進銅鑼灣的中央圖書館演講廳，聆聽嶺南大學的助理教授陳德錦主講《從劉以鬯的作品學習小說技巧》。

聽潘國靈主講《談劉以鬯小說的影像改編》。

聽黃仲鳴主講《劉以鬯的場刊報刊連載小說》。

三位專家都有備而來，陳德錦列舉劉以鬯好幾篇具有特殊技巧的小說，證明劉氏的創新精神；潘國靈將劉以鬯一些富有影像效果的文字映在白幕上，並加以津津有味的朗誦；黃仲鳴以「左右開弓」的形象比喻，評述當年劉以鬯在報紙寫連載的情況，一張張已泛黃的連載小說專欄的剪報，投影在白幕上，引起聽眾席上聽眾們的一聲聲驚嘆。

這些，都屬於「香港文學節」的重要環節。

七月二十二日下午，我們走進香港書展的文藝廊活動區，聽取也斯和黃國兆導演對《酒徒》電影改編的對談。也斯是嶺南大學的教授，電影傻子黃國兆將很文學的劉以鬯代表作《酒徒》拍成了很文學的電影《酒徒》，引起許多人的好奇。

七月二十三日下午，我們走進一間可容納三百聽眾座位的會議室，聽取劉以鬯、羅佩雲夫婦、新加坡的老前輩謝克、香港的學生和文學讀者十分尊敬的小思老師對談《與眾不同的創作與人生——劉以鬯老師分享會》。在會場外，有登記的排着隊等進場，沒登記的也排着隊，等着後補。不久，場內就座無虛席了。台上的嘉賓都用普通話講。劉老於一九五二年到一九五七年在新加坡工作，認識謝克，他們的交情一直延續了半世紀以上。劉以鬯新出的書《甘榜》就有幾篇寫南洋的，而將出的《熱帶風雨》也都以新馬為題；雖然都是「陳年舊稿」，輕輕抹去蒙蓋在上面的厚厚塵埃，無不是晶瑩的文學寶貝。

七月二十四日下午，我們不妨再走進香港書展文藝廊活動區，聽一聽葉德輝和黃東濤有關《從劉以鬯的副刊說起——談香港文學的生存空間》的對談。葉德輝長期在報館工作，對香港報紙運作頗為熟悉；黃東濤、蔡瑞芬夫婦的獲益是出版劉以鬯大部分著作的出版社。葉、黃以大量事例表揚了劉老如何在報紙商業性副刊塞入文學的勇氣和舉措。

如此密集、如此緊湊地安排那麼多作家、專家一起來研討劉以鬯，在商業氣息濃到嗆得人喘不過氣的香港，實在太罕見了。去年，靚模進襲書展，貿發局被人詬病；今年，正氣伸張，還不應該對貿發局稱讚幾句嗎？

●走進電影資料館……

七月三十日，再走進位於香港太古城後面的香港電影資料館吧。

黃國兆導演會在這裏招待大家看電影《酒徒》的試映。咦，這電影不是和劉以鬯的小說《酒徒》同名嗎？沒錯，這部電影，正是黃國兆根據劉以鬯的代表作《酒徒》改編的。能夠愛上《酒徒》的電影圈中人，太值得我們向他脫帽致敬。因此當我接到黃國兆的電話，邀請看《酒徒》的試映時，雖有公務在身、是日將到深圳而一度猶豫，最後還是將公差時間推遲，毅然赴他電影之約了。

當電影傻子遇到文學傻子，我們真的好感動，想流淚。

想一想黃國兆，十幾年前就買下了《酒徒》，可是就因為資金短缺，一直拖到現在，縱然經申請而得到香港藝術發展局的資助，也不過是港幣二十萬；以今日《酒徒》的最低拍片成本，至少也要三百多萬港幣，兩者之間，實在懸殊太大了。黃國兆眼看當年的協議（於十年內開拍《酒徒》）就要超期，又跟劉以鬯續期五年，終於以大無畏的精神，決定開拍《酒徒》。除了傾自己畢生積蓄外，還得到海內外好朋友的投資。然而，錢是一大問題，《酒徒》好不好拍成電影，又是另外一個問題。可以說困難重重！眾所周知，《酒徒》是意識流或內心獨白的寫法，情節性不強，將它拍成電影已是對自己的極大挑戰！可以說，黃國兆完全是在用有限的資金去拍一部拍攝方面又具高難度的電影。

在走進電影資料館前，我將黃國兆編寫的《酒徒》劇本細讀了一遍。劇本登在《百家》文藝雜誌，非常罕見。除了雜誌老總非常賞識劉以鬯外，也說明黃國兆是非常認真的。他不像一些人沒有劇本，完全靠臨場自己的臨時發揮；他的劇本的確編寫得很認真，也頗忠實於原著。對於初入行的欲學寫劇本的年輕人來說，好處太多了。我也將他發表在期刊上的《把〈酒徒〉搬上銀幕的挑戰與困惑》和《把〈酒徒〉拍成電影的苦與樂》前後細細地讀了兩次，一時感慨萬千。一方面，我很喜歡黃國兆樸實流暢的文字，雖然他留過學，但文字一點兒都沒有西化傾向；另一方面，喜歡他講真話的文章個性。他不但理解《酒徒》，也理解劉以鬯，他徵得同意，索性將《酒徒》中的主角稱為「劉先生」；而現在，黃國兆以「捨得一身剮，敢把皇帝拉下馬」的精神，將一部文學價值甚高的香港文學名著《酒徒》拍成電影，不怕血本無歸、傾家蕩產，亦堪稱得上是同一類型的文學悲劇英雄。

早在七月二十二日，聽黃國兆有關《酒徒》拍成電影的講座之後，我走上前自我介紹「我就是出版劉先生《酒徒》的出版人」時，他就送我一本剛印好的《〈酒徒〉——從小說到電影》，我和瑞芬還與他合照留念。見他在試映室門口將書送給來看電影的朋友，不禁感慨萬分，電影導演和文人一樣，書生意氣十足，自己的作品竟羞於賣，寧願送！也屬一次小小的血本無歸吧！

電影非常忠於原著，映像夠美，黃國兆找來的演員幾乎都很完美恰當，也十分稱職，演劉先生的張國柱將一個充滿理想，卻被無情社會現實幾乎吞噬的賣文為生的文人的生活窘迫情狀表現得入木三分。電影用插入主角旁白的方式，解決了小說中「內心獨白」的表達特徵。當然，資金有限，外景少，小不足，非戰之罪。

黃國兆將他導演的第一部電影獻給文學作品改編的《酒徒》，僅就這一份勇氣，我們的政府，應該像頒獎給劉先生一樣，給他頒一個大獎，有利於鼓勵香港電影同道向文學著作改編的方面努力，提高香港電影的文學素質。

● 走進出版社……

有空不妨再走進「獲益」出版社吧。

九十年代，獲益成立不久，劉先生的讀者遠沒今天多。一九九九年，他被迫放棄仍想編下去的《香港文學》，失落了好幾個月之後，我和蔡小姐一口氣為他出版三本書。其中《對倒》因為《花樣年華》運用了其中一些情節，出版後不到三個月即再版，創下了純文學出版物銷行的快速紀錄。在十餘年間，我們總共為劉先生出版十幾本書。我們是在劉先生的人生處於低潮、著作還未那麼受歡迎時就為他出書的，一直到二零一零年七月香港書展選他為「年度文學作家」，他成為全城文學圈、媒體注視的焦點，一些人才……是真心重視老作家的文學成就，還是為的是自家出版社也有叫好又叫座的皇牌？這難道不是兩種價值觀和兩種不同的目的嗎？

為配合書展，我們出版了劉以鬯的短篇小說集《甘榜》；下一部，書寫的題材全是以星馬為背景的，書名叫《熱帶風雨》。

劉以鬯旋風，在二〇一〇年掛起，許多人始料未及，猶如一場「熱帶風雨」！

二零一零年八月五日

當電影傻子遇到文學傻子

——有感於黃國兆將《酒徒》拍成電影

●東瑞

聽到劉以鬯先生經典代表作、長篇小說《酒徒》即將拍成電影的消息，已有一段時間；奇怪的是，「只聞樓梯響，不見玉人來」。

原來，如果不是讀了黃國兆的《把〈酒徒〉搬上銀幕的挑戰與困惑》、《把〈酒徒〉拍成電影的苦與樂》兩篇文章，我還真不知道其中的原委和內情：香港一部文學名著要搬上銀幕，原來是如此困難重重！

將文學名著改編成劇本，拍成電影，並非誰的發明或發現；中外電影史上早有先例。

成功者如《亂世佳人》（《飄》）、《魂斷威尼斯》、《靜靜的頓河》、《林家鋪子》、《早春二月》、《祝福》等等，都是極為成功的例子。然而，香港將文學原著搬上銀幕的，不是沒有（例如張愛玲、亦舒、李碧華、金庸等的作品，不少已拍成電影），但都偏向於流行作品；武俠小說屬於另類通俗文學，李碧華許多小說根本是為電影度身訂造。進入二十一世紀，香港電影改編自文學作品（狹義的，指純文學）的，更是鳳毛麟角或每況愈下了。是香港缺乏好的、文學價值較高的作品，還是電影圈某些人士，價值觀不同，並沒有把心力放在這方面？看來是後者。除了劉以鬯寫了很多以香港為背景的小說之外，還有舒巷城、海辛、林蔭、周淑屏等一系列香港作家，都是以寫反映香港城市現實為特色的「本土文學」。如果不以香港城市特徵為賣點，那麼，文學性特強的香港文學作品，長篇比較之下，確是少一些（不是沒有），但中、短篇之多，卻有如天上星星。問題只是你願不願意去發現和發掘而已；正如黃國兆之鍾愛《酒徒》，十幾年前買下改編成電影的版權，十幾年後，為實踐諾言，終於成功拍成電影。表現了極大的誠意。黃國兆的《酒徒》電影劇本和電影，普遍獲得「忠實於原著」的好評。何況，《酒徒》拍攝的難度太高！可見，香港不是沒有優秀文學作品，而是缺乏像黃國兆這樣的有心的好導演。香港電影向下滑落的時期（近二十年）以迄於今，題材仍然毫無新意，大部分圈內人士，始終只是將電影當作一盤生意，又以觀眾的胃口和需求作為藉口，既沒有承擔失敗的勇氣，更缺乏一種拍攝高素質電影的理想和追求。在這種電影生態裏，香港銀幕怎能不充斥黑社會、暴力、血腥、宮廷陰謀……黃國兆以電影《酒徒》為第一炮，呼喚香港「文學電影」之魂回歸，又怎能不令人刮目相看？怎能不叫人肅然起敬？

黃國兆以《酒徒》作為香港「文學電影」來拍攝，具有一種很大意義的示範作用，可以肯定，他已將個人的得失（尤其是經濟上的）置之度外。正因為我們的商業社會有這樣的「傻子」，我們的社會才有希望，電影才更多樣，人們才有更多的選擇。以我看，起碼有著這幾點意義：其一，鼓勵電影人士拍攝改編自文學作品的電影。一方面有助於提高香港電影的素質，加強其文學元素，不要老是給外人淺薄、胡鬧、無厘頭、暴力等等壞印象；另一方面眾所周知，純文學在香港處境艱難，改編成電影，有助於宣傳，廣為人知。其二，有助於香港電影題材的擴大。香港電影從六七十年代鼎盛時期的高產量到近年的大銳減，除了成本的暴漲、電影運作模式的變化，還有一個重要原因，那就是題材的匱乏，像《歲月神偷》、《月滿軒尼詩》、《志明與春嬌》等那樣的電影，其實在香港中短篇中不少，剩下的只是您願不願去挖掘而已。其三，提供了從文學原著改編為電影劇本的範例。從原著文本到劇本文本，是兩種完全不同的文本。不是說《酒徒》劇本編得特好，說實在的，在香港，電影劇本很少公開發表。原因很多。一些導演拍電影，沒有寫好的劇本，只憑自己的心血來潮拍攝；一般讀者不習慣於閱讀劇本這種形式；於是，市場上也就造成惡性循環，銷行情況好壞按小說、散文排列，評論、詩和劇本向來都並居第三。黃國兆的電影劇本分三次發表於《百家》文學雜誌上，在香港非常罕見。香港願意從事電影行業的，大不乏人，初學寫劇本的文學愛好者，可從黃國兆的《酒徒》電影劇本中看到兩種不同文體的特徵，以及如何寫劇本。《酒徒》劇本寫得很好，用頗有限的文字抓住了《酒徒》的精髓。

好處說完，我們再看黃國兆如何「傻」。不知為甚麼沒有申請到香港電影發展基金？申請到的二十萬，竟是香港藝術發展局撥出。香港藝術發展局在資源「滿溢」的多年前，撥款給一些較巨型的文學編纂計畫，數額驚人，偏偏值得撥錢的，像《酒徒》電影的拍攝，卻是給得那麼少！香港的個別天皇巨星，所拿的一部電影的片酬常常以千萬港幣計，肥了自己，窮了香港電影，不知對香港社會有甚麼好處？二十萬！實在還不夠大明星片酬的零頭啊！居然，黃國兆接受了！令人不可思議的是，他請來的那一批演員，居然也不計較經濟上的得失，都願意為友情演出，義助黃國兆，而且盡職盡情盡力將戲演好，也確實演得很投入很好。可見，她(他)們同樣是「傻子」，同樣值得我們肅然起敬。沒有這一批好戲之人，《酒徒》不可能拍成。難怪黃國兆寫了兩篇文章，語多感慨了。我想到了文學色彩頗為濃郁的、岩井俊二導演拍攝的膾炙人口的日本電影《情書》，看來也不是甚麼大製作，可是該片外景較多，美麗的外景和特殊的敍事風格為它贏來聲譽；《酒徒》甚麼都好，就是外景稍少，連黃國兆在香港書展與也斯對談時也談了因為經費不足的苦衷。有錢好辦事，沒錢甚麼都困難。經費少，黃國兆就得傾囊而搏，連他的幾個好友都孤注一擲了。

這是黃國兆遇到的第一個挑戰；第二個挑戰是，《酒徒》在創作技巧方面用了意識流或內心獨白，這些存在於人物內心深處的流動意識，在靠光影、形象取勝的電影映射藝術裏，不容易表現，捨棄這些，等同於割裂了《酒徒》的靈魂；執著於這些，忠實於這些，無疑捆綁了自己的手腳。何況，這樣的電影技巧，一般的觀眾是否接受，是否喜歡，都屬未知之數，很大的可能是吃力不討好。黃國兆選擇了後者。電影配合了旁白、以及用了銀幕突然一片黑、出現幾行反白字的形式來表現，這雖然不是黃導演的發明，但傳統電影已非常少用或根本已棄用。再說，《酒徒》的重點在於通過一個酒徒酒後的意識流，發表了對中外文學的見解，以及對好幾位名家惡劣生活處境和偉大文學成就逆反的感歎，並把它們夾插在日常生活裏。這基本上屬於非情節小說，較難吸引一般看慣了傳統通俗電影的觀眾。對這第二項挑戰，黃國兆依然迎戰而上。

經費少、拍攝難度大，一般商業味重的導演都不會感興趣，而國兆非常執著，十年來，魂縈夢繞，一定要遂自己心願。這就是他的「傻」。傾家蕩產已全被他置之度外。至於劉以鬯先生，他的「傻」乃是從四十年代末，他從中國大陸來港，沒有任何謀生技能，唯一能運用和操作的就是一枝筆而已。他這一枝筆，儘管高產到每日要寫一萬二三千字（即十二三個專欄，平均每個專欄一千字），但卻是為生活所逼，並不是自己情願的；所謂「娛樂別人」乃是劉以鬯出諸對自己的「急就章」的自謙之語，「娛樂」的背後，卻充滿了不為外人知的辛酸。劉先生從年輕時候就熱愛文學，以筆謀生，非常辛苦，賺的是辛苦錢，癡情不悔。這是他的傻；不懂轉型，所寫下的「娛樂自己」的《酒徒》又有自己的影子、堪稱夫子自道（難怪黃國兆千思萬想，想不出電影主角該用甚麼名，乾脆讓他姓「劉」，劉先生欣然應諾）；歷來電影或小說中以作家為主角的不勝其多，但似乎愛情佔了較大的篇幅，像《酒徒》這樣以作家在香港商業社會窘迫困境為主要內容的，始終比較少。有人稱之為「文人小說」。這樣的小說題材，當然不熱門，很難引起讀者興趣，這又是劉先生的另一種「傻」！比較那些另類的流行小說寫作機器，創下二三百本的單行本紀錄，版稅袋袋平安，劉先生出書，都經過嚴格挑選（縱然他那些「娛樂別人」的小說，隨便挑選一部，也可能比不少人強），迄今為止，主要也不過那二十幾部，這不是又是一種「傻」是甚麼？創作了七十年的劉以鬯「傻人有傻福」，儘管文學藝術終身成就獎遲遲都還沒頒給他，但一九九四年他獲邀香港臨時市政局「作家留駐計畫」第一任作家，二零一零年他獲選香港書展第一屆「年度文學作家」，屢次第一，實至名歸。

正是無數「傻子」造就了香港文學藝術的美麗風景！

因此，當電影傻子黃國兆遇到文學傻子劉以鬯，一拍而成，我們受到了無限感動。好想流淚。

小說《酒徒》已成文學經典；電影《酒徒》的藝術成就得失我們將另文討論，在票房上可能未必理想，但那怕死，也是死在戰場上，死得壯烈。

從這意義來說，我們也應頒獎給黃國兆！

二零一零年八月十一日

拍攝香港文學大師

——一百歲的劉以鬯

●東瑞

誕生於一九一八年十二月七日的劉以鬯先生，到今年二零一八年，已經走過一個世紀。問世間，有多少人活到一百歲？這樣的國寶級的香港文學之寶，不是太多，而是太少了。別看香港為彈丸之地，文化界就誕生了三位舉足輕重的巨匠：國學大師饒宗頤、武俠文學大師金庸、純文學大師劉以鬯。可惜饒宗頤來不及拍攝，金庸目前狀態已經有所不便，唯有劉以鬯先生雖然行動需要靠輪椅，但狀態還不錯。現在拍攝他，正遇好時機。因此，今年為祝賀和紀念劉先生一百歲生日，文壇將有一番熱鬧。

這部題為《百年巨匠——劉以鬯》的紀錄片由原著名記者、現為《亞洲週刊》副總編輯江迅牽引，將由央視和衛視聯合製作、播映。由於二十五年來我們共出版過劉以鬯十五種他最重要的文學著作，尤其是《對倒》《酒徒》《打錯了》《島與半島》《他有一把鋒利的小刀》《黑色裏的白色　白色裏的黑色》等，我們也被列入採訪和拍攝之列。四月十七日，我們和劉夫人羅佩雲、導演臧敬一起在太古城中心商場的一家越南餐廳隨意談談，做做準備；約好，第二天十八日到我們出版社拍攝。

十八號我們提早到公司，臧敬導演、藝術指導周兵、製片蔡瑞琦，還有兩位拍攝人員準時來到公司，由於我和瑞芬熟悉業務，事前也整理過部分主要的出版資料，因此採訪總算比較流暢，但一如拍照，瑞芬總是比我從容自然。拍攝採訪時間不短，一直到中午近一點才結束。想來最後需要經過大量剪裁。有趣的是連我和瑞芬上下班的情狀都拍攝了好多次。

中午我們請五位媒體朋友到附近的酒樓午餐，就分兩部的士趕到劉先生家。大約是三點多，劉夫人就在兩位家庭女助理的協助下用輪椅推劉先生到太古城中心，中途見到拍攝的最早策劃牽引人江迅來到，還有其他報刊的朋友。劉夫人推劉先生的姿態優雅從容，一對文壇伴侶都那樣童顏鶴髮，仙風道骨，發出生命的最美光彩，沿途引無數路人側目。我們一直陪到下午四時許，因事先離去。

退休後的劉以鬯、羅佩雲夫婦常常在家居附近的酒樓喝茶，我們和他們，幾年來也一兩個月至少就會茶敘一次。茶敘後，劉先生就會獨自先離去，到商場和其他地方逛逛看看。在劉先生寫十幾個專欄的年代，每當他交了稿，就會和劉夫人一起到尖沙咀的海運大廈吃晚飯。如今那裏已經和海港城連成一片了。而退休的日子，他們多數出來吃飯。

平日裏，瑞芬和劉太常常通電話，從電話中知道劉先生將我們送他的印尼運到的蛋糕吃完，非常喜歡。二十號中午，瑞芬又讓我過海，將最後留著的一盒蛋糕送過去，我在他們家門口交給家庭助理，就匆匆離去，生怕打擾了劉先生和劉太的休息。

據説這次拍攝的紀錄片重要部分會在今年香港書展首播，我們十分期待。

二零一八年四月二十一日

【附錄】

以下轉自江迅：昨天下午陪同東方之子國際公司的編導們，去拍攝劉以鬯大師紀錄片。今年是這位香港已經不多的國寶級文化人一百歲。早前還擔心他狀態不好沒法拍真人，沒想到老人今天特別精神，劉太佩雲也連連為他點讚。推著輪椅沿著太古城道，逛街逛商場，他還點了他愛吃的一塊芝士蛋糕和一杯熱巧克力，不出十分鐘，竟然他獨自全數消滅。一小時過去了，怕他累了，準備回程，老人卻揮著手嚷嚷：不回去，不回去。又指著商場：留這裏，留這裏。這部紀錄片《百年巨匠——劉以鬯》由中國紀錄片大導演周兵任藝術指導，導演臧敬，製片主任瑞琦。應周導要求，我約了羅佩雲、梅子、黃東濤、蔡瑞芬接受拍攝。七月香港書展將舉辦一場劉以鬯百歲紀念講座，三十分鐘一集共二集的紀錄片，精華部分將在講座上首播。

悼辭

●東瑞（黃東濤）

敬愛的劉太、文學界各位前輩、老師、文友、朋友們：

今晚，懷著沉重哀傷的心情，我代表獲益出版社蔡瑞芬董事長及公司全體同仁送劉以鬯先生最後一程，願他在另一個國度裏安息；希望劉太節哀珍重，身體安康！

文星殞落，天下同悲。劉以鬯先生是香港最傑出的小說家，也是享譽世界華文文壇的文學大師，劉先生的離去，香港文學界失去了一位可敬的文學導師，世界華文文壇失去了傑出的文學前輩！這個損失是無可彌補的，因為，劉先生是那樣地與眾不同。

千秋文章，不朽經典。劉以鬯先生雖然與我們永別了，但為文學事業作出了巨大貢獻，為我們留下了豐富的文學寶藏，值得喜愛文學的一代代讀者閱讀下去。

「傾情於文字，獲益在先生」，我們傾情於劉老先生的文章作品，得益於劉老先生的支持幫助，懷著衷心的、深切的感恩的心，緬懷二十五年前出版劉先生第一本著作的情景。感激劉先生和劉太太不嫌棄我們只是一家沒有任何背景的小小出版社，前前後後提供了十幾種重要著作給我們出版。當然，劉先生那些高檔次的純文學作品能夠在工商業社會出版，並不是任何一家出版社的光榮，而是代表著純文學在香港的勝利。您在娛樂著自己的同時也在娛樂著我們純文學的讀者！

我們怎能忘記您奔波、辛勤的一生，在文學道路上走了八十年，從不厭倦。從十里洋場的上海，南下到**香港居**，在**島與半島**之間輾轉謀生，編輯、寫稿，辛勤奔波，樂觀面對生活，就在娛樂別人的同時也娛樂自己，創下了一個又一個的文學奇蹟。

我們怎能忘記您創造的無數特別的文學人物，令人亘久難忘，從醉言醉語、半醉半醒的**酒徒**，到**他有一把鋒利小刀**的歹徒；從接到一個**打錯了**電話而逃過地獄門的年輕人到在酒吧裏找生活的**吧女**；您喜歡**模型•郵票•陶瓷**，還在無意間購得一枚**對倒**郵票，竟然能夠結合興趣，發掘其中深刻人性，寫下了令人歎為觀止無數精彩的文學作品。

我們怎能忘記您四十年代為避戰火和抓壯丁，您告別家鄉父老，冒著**寒風吹在臉上像刀**

割的嚴冬，從江南千里流離到天府之國；五十年代南下復南下，到星馬辦報的同時，經受**熱帶風雨**，出入大小**甘榜**，描繪了一幅又一幅充滿異國色彩的南洋風情畫。您站在**黑色裏的白色** **白色裏的黑色**的邊緣之間寫人間的善惡美醜，在**寺內**寫**不是詩的詩**，您目光敏銳善於捕捉，**天堂與地獄**的各色人物，哪怕一隻蒼蠅都逃脫不出您的法眼。您有著驚世駭俗的文字和文學最強大腦，堪稱無可匹敵的小說魔術家。

我們又怎能忘記，您在主編《香港文學》的八十年代到九十年代的日子，善待朋友作者，不分貴賤新舊，都在百忙中起身抽空、熱情接待，與大家暢談香港文學，顯示一派君子高風、紳士禮儀。您說對新秀的稿件儘量採用，新人的文字發表了，信心就會加強，寫得越來越好。您對新人的鼓勵我們會永遠記取！

劉以鬯先生，今晚是送您最後一程的日子，三十幾年的來往接觸令我們無限傷悲和不捨，亦師亦友的關係，讓我們覺得您就是我們最慈祥的長者。我們懷念與您和劉太無數次飲茶的歲月，您經常一邊品賞美食，一邊回憶起初到香港住在紅磡蕪湖街生活的點點滴滴，您鶴髮童顏，和藹的臉容總是露出純真如孩童的微笑；

我們要學習您敬畏文字，認真創作、反對晦澀難懂，喜歡用簡明易懂的文字探索不同的表現方式寫小說。您說：「好的小說，必須有創意。」我們會永遠記得您對寫作人的教誨和勸告，多讀多寫少發表！

我們要學習您的謙虛謹慎，嚴格要求自己，寫了那麼多，選來出書的是那麼少！而且出書前總是大幅度刪節，精益求精！

我們要學習您辦刊的高瞻遠矚的精神，大公無私、不分流派、認稿不認人、扶植新人，將世界華文文學和香港文學一起推動！您在八十年代至九十年代就建立起一座華文文學刊物的豐碑！

我們要學習您在商業氣息濃厚的香港對純文學生存空間的努力爭取，在編副刊期間，讓文學作品在夾縫中生存，給予文學愛好者不少練筆的機會！給年輕一代以充沛的信心！

文章楷模已經不易，君子高風更是為人稱道。劉先生生活簡樸，説話簡要，文字簡潔，一個「簡」字貫穿了您一生；您和劉太的愛情婚姻跨過鑽石婚，六十年來相濡以沫，未曾二十四小時分離，誠屬文壇佳話，譜寫了人間最美的愛情故事！

最後，我們會牢記您説的「人生路崎嶇，文學路不易行。但我無悔今生。」一定會接過您的文學棒，薪火相傳，為繁榮香港和世界華文文學事業盡我們的一點綿力！

二零一八年六月二十日

後記

東瑞

一九九三年我們開始出版劉以鬯先生（一九一八年十二月七日——二零一八年六月八日）的著作，迄今（二零一八年）整整二十五年過去了，與劉以鬯、羅佩雲夫婦的關係也從純粹寫稿、出書漸漸變成亦師亦友的關係。我們前後為劉先生出版了十五種書（一本是《〈酒徒〉評論選集》是他編的），詳細過程已經寫在《劉以鬯和「獲益」的因緣》（權當本書的前言）。

今年六月八日夜傳來劉太告知劉先生下午二時二十五分逝世於香港東區醫院的消息，享年一百歲。我們一時驚愕傷悲，文壇失去了一位大師，我們失去一位傑出作家、模範老師。

真是無可彌補的損失。為了向劉先生致敬，也為了緬懷和紀念我們的友誼，瑞芬建議出版這一本《致敬大師劉以鬯》。

全書大致分為四輯：第一輯是有關劉以鬯生平和文學成就的綜述，寫作時間最早的一篇發表於一九八九年；第二輯是有關劉先生著作的序言、前言、編後記、評論，有的收進或附錄於書內，有的發表於各種報刊，涉及到著作有《島與半島》《黑色裏的白色　白色裏的黑色》《他有一把鋒利的小刀》《對倒》《打錯了》《酒徒》《天堂與地獄》《甘榜》《熱帶風雨》《香港居》《春雨》《蛇》等；第三輯是有關劉以鬯、羅佩雲的愛情、婚姻、生活、人品、趣事以及我們的接觸感受、來往敘述等；第四輯收了幾篇訪談、報導、作品搬上銀幕的內容。

全書四十幾篇文章跨越的時間長達三十二年（一九八六年至二零一八年），發表在至少海內外二十幾種報刊上，計有新加坡《聯合早報》、《星洲日報》，印尼《和平日報》，澳門《澳門日報》，香港《明報》、《大公報》、《文匯報》、《新晚報》、《星島晚報》、《明報》月刊、《青果》、《百家》、《文學評論》、《城市文藝》、《香港作家》、《獲益之友》等等。其中有十四篇曾經收進獲益二零一二年七月本人的《邊飲咖啡　邊談文學》一書中。

本集出書前各篇文章都經過修訂校勘，但由於時間匆忙，加上寫作時間前後跨越幾十年，又在不同報刊發表，錯誤及重複之處在所難免（尤其是第一輯），敬希讀者諒解，我們會在再版時更正。

二零一八年六月十七日

劉太羅佩雲女士（左坐）、臧敬導演（左立），與東瑞、瑞芬合影（2018 年 4 月 17 日，太古城）

《亞洲周刊》副總編輯江迅和劉以鬯先生（2018 年 4 月 18 日）

周兵（右三）、臧敬導演（中）、蔡瑞琦製片（左三）等率央視、衛視團隊來港拍攝劉先生（2018 年 4 月 18 日，太古城）

劉以鬯夫婦觀看紀錄片《劉以鬯：1918》，
在電影院前留影(2016 年 1 月 23 日，九龍）

劉以鬯、羅佩雲伉儷與吳熙斌女士（右立一）
黃勁輝（左立三）、黃淑嫻博士（左立二）
等島嶼寫作朋友餐聚（文華酒店）
（2016 年）

《對倒》在電車上藝術演繹（伍韶勁導演之《二十五分鐘後》，2017 年 3 月 25 日）

劉太與北京拍攝團隊、文學界朋友餐敘（2018 年 5 月 26 日，香港灣仔）

與劉太、劉太外甥女鍾美美吃自助餐
（2018 年 1 月 15 日，香港北角）

東瑞、瑞芬與劉太太（中）
（2018 年 2 月 22 日，香港太古城）

劉以鬯、羅佩雲伉儷與香港文友黃梅麟（立左一）、潘建民夫婦（立左二三）、陳素中醫生（立右三）及印尼華人文友、讀者吳開森夫婦（坐右一二）等茶敘

（2017 年 3 月 7 日，香港太古城）

劉太羅佩雲女士宴請文學界、出版界人士。坐左起：梅子、劉太、陳松齡、侯明、夏婕；後立左起：蔡瑞芬、東瑞、梁科慶、孫立川、陳儉雯

（2017 年 9 月 15 日，香港太古城）

劉以鬯、羅佩雲伉儷（左）與“粉絲”孫詠虹（中）、東瑞、瑞芬餐敘　（2016 年 12 月 13 日，香港太古城）

劉太（右坐）與鍾美美（左坐）、東瑞、瑞芬合影

（2017 年 5 月 7 日，香港北角）

劉先生九十八歲生日，與文友、讀者楊健思老師（後立右一）等餐敘
（2016 年 12 月 6 日，香港北角）

慶賀劉先生九十八歲生日
（2016 年 12 月 6 日，香港北角）

與吳建芳(坐右一)等朋友、讀者餐敘（2016 年 5 月 31 日，香港中環）

本書作者東瑞、瑞芬和劉以鬯、羅佩雲伉儷（中）合影
（2016 年 5 月 31 日，香港中環）

東瑞、瑞芬與劉以鬯、羅佩雲伉儷茶敘合影
（2016 年 2 月 26 日，太古城）

劉以鬯、羅佩雲伉儷與孫觀琳老師（坐左一）、吳佩芳（立右一）、蘭蓀（立左一）等朋友餐敘 (2016 年 7 月 29 日，香港太古城）

劉以鬯先生獲頒"終身成就獎"、吳建芳女士（左）、東瑞、瑞芬前來道賀
（2015 年 4 月 24 日）

劉以鬯、羅佩雲伉儷看完《劉以鬯：1918》與學界朋友餐敘
（2016 年 1 月 23 日，九龍尖沙咀）

慶賀劉以鬯先生九十五歲生日（2013 年 12 月 17 日，香港太古城）

劉以鬯、羅佩雲伉儷、東瑞、瑞芬餐敘（2016 年 4 月 7 日，香港太古城）

劉以鬯、羅佩雲伉儷作為嘉賓出席《讀者》港版發布會
（2012 年）

劉以鬯九十五歲生日（2013 年 12 月 3 日，灣仔）

東瑞、瑞芬、陳愴（右一）與劉以鬯、羅佩雲夫婦合影

（2010 年 7 月 24 日，香港書展）

東瑞、瑞芬與《酒徒》電影導演黃國兆（中）合影

（2010 年 7 月 22 日，香港書展）

小思老師（右一）、新加坡謝克先生（右二）與劉先生、夫人對談
（2010 年 7 月 23 日，香港書展）

右起：劉以鬯、羅佩雲、蔡瑞芬、東瑞（2010 年 7 月 24 日，香港書展）

劉先生九十八歲生日(2016 年 12 月 6 日，香港北角)

劉先生簽名，劉太在一旁協助（2017 年 3 月 7 日，香港太古城）

劉以鬯、羅佩雲伉儷（2015 年 9 月 24 日，香港太古城）

劉以鬯、羅佩雲伉儷（2016 年 7 月 29 日，香港太古城）

劉先生九十五歲生日，劉太熱烈祝賀（2013 年 12 月 3 日）

劉以鬯、羅佩雲伉儷（2013 年 12 月 17 日，太古城）

劉以鬯為香港書展第一屆年度作家，與夫人羅佩雲女士合影
（2010 年 7 月 23 日，香港書展）

劉以鬯、羅佩雲伉儷（2010 年 7 月 23 日，香港書展）

劉以鬯、羅佩雲伉儷　（2010 年 6 月-7 月，香港文學節專題展覽）

劉以鬯海報

巴士上的劉以鬯海報

劉以鬯先生收藏的自己的著作（2017 年 6 月 10 日拍攝）

劉以鬯先生家中的模型（2017 年 6 月 10 日拍攝）

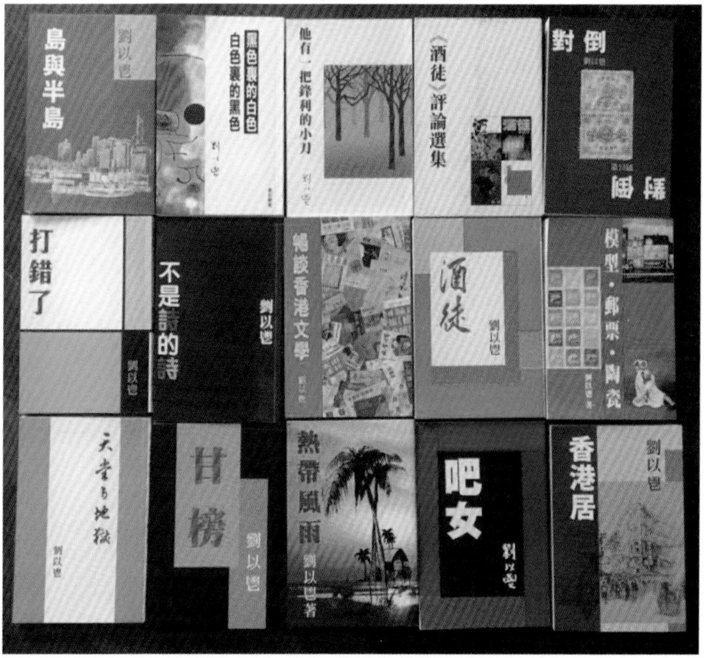

獲益出版的劉以鬯先生的書封面

劉先生、劉太太送東濤瑞芬模型作為友情紀念

《獲益之友》刊登《對倒》出版消息（2000 年 11 月）.

2000 年底，《對倒》和電影《花樣年華》在海內外報紙掀起一股熱潮

東瑞評介劉先生（《文匯報》，1989 年 11 月 19 日）

漫谈《香港文学》

——香港"文化沙漠"的奇葩

■东瑞■

東瑞評介《香港文學》（新加坡《聯合早報》，1986 年 4 月 8 日）

2001 年 2 月 23 日獲益到香港婦女會中學書展，劉以鬯、羅佩雲夫婦到學校鼓勵學生買書，劉先生還親自為學生簽名，對鼓勵支持小出版社、推動讀書風氣身體力行，不遺餘力。

劉以鬯、羅佩雲伉儷品嚐印尼美食

（2010 年 2 月 20 日，東瑞、瑞芬家中）

前香港特首頒發「終身成就獎」給
劉以鬯先生（2015 年 4 月 24 日）

劉以鬯先生榮獲「終身成就獎」。
劉太上台祝賀（2015 年 4 月 24 日）

劉以鬯先生榮獲嶺南大學頒授榮譽文學博士，與劉太合影
（2014 年 10 月 20 日）

劉先生榮獲「傑出藝術貢獻獎」，劉太陪同出席領獎，東瑞瑞芬前來祝賀

（2013 年 5 月 9 日）

劉以鬯先生榮獲「傑出藝術貢獻獎」，東瑞、瑞芬向他和夫人羅佩雲道賀

（2013 年 5 月 9 日）

劉以鬯先生獲頒「傑出藝術貢獻獎」（2013 年 5 月 9 日）

劉先生獲頒「傑出藝術貢獻獎」，劉太上台祝賀，小思老師代讀獲獎感言（2013 年 5 月 9 日）

香港特區政府前特首董建華頒發榮譽勳章給劉以鬯先生（2001 年）

香港特區政府前特首曾蔭權頒發銅紫荊星章給劉以鬯先生（2011 年）

劉以鬯、羅佩雲結婚照（1957年，香港）

劉以鬯、羅佩雲伉儷（1962年，香港）

劉先生大學畢業照

劉以鬯、羅佩雲伉儷（1957 年，新加坡）

劉以鬯先生（1918.12.7—2018.6.8）